文春文庫

とり天で喝！

ゆうれい居酒屋4

山口恵以子

文藝春秋

目次

とり天で喝！
ゆうれい居酒屋 4

第一話

冷や汁でパンチ

渋谷《しぶや》駅のハチ公前は芋《いも》を洗うような人だかりだった。

人混みを見た瞬間、秋穂《あきほ》は待ち合わせの場所にしたことを後悔した。分かりやすい場所と思ってつい「ハチ公前」と言ってしまったが、渋谷に行くことがほとんどないので、まさかこんなに混雑しているとは思わなかった。

やっと正美《まさよし》を見つけた。後ろ姿だが、間違えようもない。

「ごめん、待った？」

ポンと肩を叩くと相手が振り返った。

「あ、ごめんなさい」

人違いだった。怪訝《けげん》な顔をする青年に頭を下げ、あわててそばを離れた。

と、駅と反対方向を向いている正美を見つけた。今度こそ間違いない。

「よかった。探しちゃった」

近寄って声をかけると、青年が振り向いた。

　またしても別人だった。後ろから見た時はそっくりだったのに。

「……」

「すみません。間違えました」

　秋穂は頭を下げてその場を離れ、周囲を見回した。すると、背を向けて立っている青年が、ことごとく正美に見えた。

「あのう……」

　秋穂は前に回り込んで声をかけた。

　違う。正美ではない。こんなバカなことって⁉

「正美さん、何処《どこ》にいるの！」

　秋穂の叫び声に、周囲の青年たちが一斉《いっせい》に振り返った。正美はいない。見知らぬ顔ばかりだ。

　どうして⁉　一体どうして、こんなことに⁉

　そこでハッと目が覚めた。耳の中にまだ自分の声が残っている。炬燵《こたつ》に入ってのんびりしているうちに、いつの間にかうたた寝をしていたようだ。

　秋穂は頭を振って残響を追い払った。結婚前、正美とハチ公前で待ち合わせして、人違いしてしまった時の記憶が、変に増幅されたらしい。

壁の時計を見ると四時を少し過ぎていた。そろそろ店を開ける準備をしなくてはならない。

秋穂は炬燵を出て、仏壇の前に座った。ポケットの沢山ついた釣り師用のベストを着た正美の写真が、変わらぬ笑顔を見せていた。

いつものように蠟燭《ろうそく》を灯《とも》し、線香を点《つ》けて香炉《こうろ》に立て、両手を合わせてそっと目を閉じた。

あれは東急《とうきゆう》文化会館に映画を観に行った時だった。あそこには映画館が四つあったわね。たしか渋谷東急、東急名画座、東急ジャーナル、パンテオン……何処に入ったんだったかしら。あの頃はまだパルコもオープンしてなかったのよね。渋谷もすっかり変わったわ。今の渋谷を見たら、きっとビックリするわよ。

秋穂は目を開け、小さく溜息《ためいき》を吐《つ》いた。

それじゃ、行ってきます。

心の中で語りかけ、蠟燭を消して立ち上がった。一階の店に通じる階段を下りると、自然と気持ちが切り替わった。これから居酒屋「米屋《よねや》」の一日が始まる。

JR新小岩《しんこいわ》駅は葛飾《かつしか》区の最南端にある駅で、在来線の総武《そうぶ》線快速と中央・総武線各駅停車の二系統の列車が停車する。快速線は横須賀《よこすか》線に乗り入れていて、東京駅、品川《しながわ》駅、横浜《よこはま》駅を通り、久里浜《くりはま》駅まで直通で運転されている。

都心へのアクセスが良く、家賃も物価も安めで駅の南北に大きな商店街がある。暮らしやすい環境が人気で、近年は駅周辺の再開発も進み、立派な駅ビルが完成した。数年後には大きな商業施設が竣工《しゅんこう》する予定で、地域のますますの発展が見込まれている。

しかし、どれほど立派な施設がオープンしても、新小岩を代表するランドマークと言えば、やはり南口に広がるルミエール商店街だろう。昭和三十四（一九五九）年に完成したこの商店街は、葛飾区と江戸川《えどがわ》区松島《まつしま》にまたがる全長四百二十メートルの、当時日本最長のアーケード商店街だった。

あれから幾星霜《いくせいそう》、日本は変わり、東京も変わった。新小岩も変わり、これからも変わってゆく。もちろん、ルミエール商店街も例外ではない。当時から今も続いている店は、第一書林南口店《だいいちしょりん》のほか、ほんの一～二軒くらいだろう。

しかし、変わらないのはその賑《にぎ》わいだ。シャッター通りになる商店街が多い中、ルミエール商店街で閉まっている店はほとんどない。テナントが出て行くと、すぐに別のテナントが入り、空《あ》き店舗のままにならないのだ。これは新小岩の住人に愛され、支えられ、そして住人を支えてきた証《あか》しに他ならない。

新小岩のある限り、ルミエール商店街も永遠に続くに違いない……。

さて、そんなルミエール商店街の中ほどの、一本隣の路地裏に「米屋」はある。焼き鳥屋とスナックに挟《はさ》まれた、昭和レトロで時代のついた、小さな居酒屋だ。自宅兼店舗で開店してから、もう二十年以上経《た》つ。開店当初は夫婦で営む海鮮が売りの居酒屋だったが、十年ほど前に主人が亡くなり、今は女将《おかみ》が一人で営んでいる。

素人《しろうと》の女将がワンオペで切り回す店だから、ミシュランガイドに載るような料理は期待できない。ほとんどのメニューが作り置きとレンチンだ。それでも優しいご常連に支えられて、店は何とか続いている。

近頃は料理の腕も上がってきたと評判で、路地裏のしょぼくれた店には相応《ふさわ》しくないお客さんが、時々ふらりと立ち寄ったりするらしい。

「こんにちは」

開店の三十分ほど前に志方優子《しかたゆうこ》が入ってきた。隣のスナック「優子」のオーナーママだ。

「いらっしゃい」

米田《よねだ》秋穂はレンチンしたカリフラワーと茹《ゆ》で卵でサラダを作っていた。マヨネーズと練り辛子《がらし》、塩・胡椒《こしょう》で和《あ》えると、酒によく合う、大人の味のサラダになる。

「今日は椎茸《しいたけ》のフライなんかどう？」

優子はけだるそうに首を振った。

「なんだかスッキリしなくて。さっぱり食べられるもん、ない？」

優子の店は午前三時まで営業しているので、起きるのは昼頃になる。寝起きは食欲があまりないので、店を開く前に米屋で食べるごはんが、一日の栄養源だという。

優子は秋穂と同い年だが、秋穂がすっぴんに割烹着《かっぽうぎ》姿なのに対して、ちゃんと化粧して髪の毛をセットし、マニキュアも塗って身ぎれいに装っている。

「冷《ひ》や汁《じる》なんか、どう？」

「冬に冷や汁？」

「季節は関係ないって。さっぱり食べられて、スタミナつくわよ」

「たしか、宮崎《みやざき》の郷土料理よね。あれ、作るの大変なんでしょ」

「それが、簡単。本で読んだの。普通はアジの干物焼いて、身取って、すり鉢《ばち》でするんだけど、イワシの缶詰使えばその手間省けるって。あとは味噌《みそ》を焼くだけで、出汁《だし》も取らなくていいのよ」

「ふうん。じゃ、それ、もらうわ」

優子は気のなさそうな返事をした。数年前、苦労して育てた一人娘の瑞樹《みずき》が、妻子持ちの男と駆け落ちしてしまった。それ以来、優子は自分でまともな食事を作る気力をなくし、ほとんど毎日米屋で早めの夕食を食べるようになった。日曜は出前か外食だという。

秋穂はおしぼりを出し、お通しのシジミの醤油漬《しょうゆづ》けと、エノキの和風ナムルを出した。

シジミの醤油漬けは台湾《タイワン》料理屋の主人に教わったレシピで、漬け汁に梅干しを加えたところがミソだ。そしてシジミは一度冷凍してある。貝は冷凍すると旨味成分が四倍に増え、シジミの場合は肝機能を助けるオルニチンも増加する。まさに一石二鳥だ。

ちなみに優子は下戸《げこ》で、酒は一滴も飲めない。本人は「酒飲んで仕事出来ないでしょ」と言っている。

「このエノキ、美味《おい》しいね」

「レンチンで作ったの。簡単よ」

エノキと白出汁、ゴマ油、すり下ろしニンニクを耐熱容器に入れて二分加熱し、青のりと白煎《しろい》り胡麻《ごま》を振りかければ出来上がりだ。青のりの風味が後を引き、酒の肴《さかな》にもご飯のおかずにも合う。

秋穂はしゃもじにアルミホイルを巻き付けると、味噌を塗り、ガスコンロの火で炙《あぶ》って焼き味噌を作った。

イワシの水煮缶から身を取り出してボウルに入れ、焼いた味噌も加えてポテトマッシャーでつぶした。そこにイワシ缶の汁と冷蔵庫で冷やした水を加えて、よく伸ばした。あとは木綿《もめん》豆腐を手でちぎって加え、薄切りにしたキュウリと茗荷《みょうが》、大葉《おおば》の千切りを入れ、最後に氷を二〜三個浮かせた。

「ご飯にかけても良いけど、ご飯を入れちゃった方が食べやすいかもね」

冷や汁は大きめのどんぶりで出した。

「ホント、食べやすい。するする入るわ」

優子は冷や汁が口に合ったようで、順調に食べ進んだ。

店では乾き物しか出さないので、お客さんからつまみの注文があると、焼き鳥屋の「とり松《まつ》」か「米屋」に電話して出前を取る。米屋への注文はモツ煮込みとシメのおにぎりやお茶漬けが多い。一晩に十人分の注文が入ることもあって、優子は得意客なのだった。

「今日、お客さんに勧めるね。あとはこのナムルと、キノコの天ぷらだっけ?」

「椎茸のフライ。ビールやハイボールに合うわよ」

「分かった。ごちそうさま」

優子は美味《うま》そうに煙草《たばこ》を一服してからほうじ茶を飲み、勘定を払った。

「行ってらっしゃい」

エールを送ると、優子は片手を挙げて軽く振った。

空いた食器を下げて洗っていると、ガラス戸が開いて新しいお客さんが入ってきた。

ふと壁の時計を見上げると、時刻は六時を五分過ぎていた。

「いらっしゃい。皆さんお揃《そろ》いで」

ご常連の沓掛音二郎《くつかけおとじろう》、谷岡匡《たにおかただす》、井筒巻《いづつまき》、水ノ江時彦《みずのえときひこ》だった。いずれも秋穂の親の年代で、音二郎は悉皆屋《しっかいや》「たかさご」の主人、匡は「谷岡古書店」の隠居、巻は美容院「リズ」のオーナーママ、時彦は「水ノ江釣具店」の主人だった。

「寒くなってきたからな。暗くなると一杯ひっかけたくなるのよ」

四人の中で一番年長の音二郎が言った。頭が見事に禿《は》げ上がっている。

ちなみに悉皆屋とは染み抜き、紋抜き、紋入れ、染め替えなど、和服のメンテナンスを一手に引き受ける商売で、日本女性が普通に着物を着ていた時代には呉服業界必須の職種だったが、着物が「ちょっとおしゃれしてお出かけする時の衣装」から「美容院で着付けを頼むイベント用の衣装」になってからは、もはや絶滅危惧種に指定されている仕事と言って良い。

音二郎は名人と謳《うた》われた腕の持ち主だが、最近はあまり注文が来ない。それでも丁寧《ていねい》で良心的な仕事ぶりに感激したお客さんの口コミで、細々とだが商売を続けていた。

「あたし、ぬる燗《かん》」

巻が注文を告げた。夏でも冬でも最初からぬる燗で、「とりあえずビール」はない。

「おじさんたちは？」

「ホッピー」

音二郎が言うと、匡と時彦もそれに続いた。

ホッピーとは麦芽《ばくが》飲料「ホッピー」に焼酎《しょうちゅう》を加えた飲み物で、かつてビールが高価だった時代、その代用品として考え出されたという。しかし、今では低糖質でプリン体ゼロの飲料として、女性と健康志向の若者世代にも人気が高くなった。

ちなみに居酒屋用語ではホッピーを《外《そと》》、焼酎を《中《なか》》と呼ぶ。「中身お代わり」と言う人は、居酒屋通である。

「渋谷も変わったわよね」

秋穂はおしぼりとお通しを出しながら言った。

「なんだい、急に」

匡はそう言っておしぼりで顔を拭《ぬぐ》った。山羊《やぎ》のような顎髭《あごひげ》がトレードマークで、若い頃日本史の学者たち御用達《ごようたし》だった神田《かんだ》の古書店で修業した経験があり、たいそうな物知りだ。

「昔、渋谷に映画観に行った時の夢を見たの。あれからすっかり変わったわよね。パルコが出来て」

「ああ、『おいしい生活』ね」

巻が一世を風靡《ふうび》したセゾングループのキャッチコピーを口にした。

「戦後まもなくは物騒な町だったぜ。でかい闇市《やみいち》があって、縄張り争いが起こってな。渋谷事件なんて、銃弾が飛び交ってすごかったらしい」

匡の言う渋谷事件は、昭和二十一（一九四六）年七月に、渋谷警察署前で起こった大規模な抗争事件で、警察と暴力団と愚連隊《ぐれんたい》の一派の連合隊と、武装した華僑《かきょう》グループとが対立し、銃撃と斬撃によって数名の死者が出た。

「愚連隊も戦後の渋谷でのしてたのよね。安藤昇《あんどうのぼる》はインテリヤクザの走りでさ、かっこよかったわ」

安藤昇は法政《ほうせい》大学を中退したのち、不良グループを結成して渋谷の街で顔役になった。背広を奨励し、指詰めや刺青《いれずみ》、薬物を禁止するスマートさが古典的なヤクザと毛色が違い、若者たちの人気を得た。ちなみに作家の安部譲二《あべじょうじ》は、中学生で安藤組に入ったという。安藤昇は組解散後、映画俳優として活躍した。

「もうあんなヤクザはいないよね。今はみんな暴力団になっちまった」

巻は顔の前でひらひらと手を振った。左手の薬指にはめたダイヤの指輪が、電灯の光を反射してキラリと輝いた。慰謝料代わりに離婚した夫から取り上げた指輪で、ちょっと気になる男性が現れると、指輪をきらめかす癖がある。今夜は話題だけでも癖が出たらしい。

美容院リズのオーナーだが、今は仕事は娘の小巻《こまき》に任せ、自分の指名客だけを担当している。仕事中は指輪を外しているので、指輪が「業務終了」の合図だった。

秋穂はホッピーセットとぬる燗を出しながら言った。

「渋谷の事件で忘れられないのは、二十年くらい前の中核派《ちゅうかくは》の暴動よ。警官が焼き殺された上に、何の関係もない商店が何軒も焼き討ちにあって、止めようとした店員さんも襲われて、重軽傷を負ってるのよ。あんな連中、革命もクソもないわ。ただの殺人集団よ」

渋谷暴動事件は昭和四十六（一九七一）年、沖縄《おきなわ》返還反対を主張する中核派が渋谷周辺に集結し、警察と機動隊相手に起こした大暴動だ。学生たちに店を壊されたり放火されたりした被害も少なくなかった。

二十一歳の警察官を焼き殺した主犯は、平成二十九（二〇一七）年、四十六年の逃亡生活の果て逮捕された。

「ありゃあ、犯人の家族も悲惨だったな。姉さんは会社をクビになって縁談も破談。親父さんは心労のあまり、二〜三年で死んじまった。事件が起こるまで、息子が学生運動をやってたことも知らなかったそうだ」

時彦が言うと、匡も頷《うなず》いた。

「息子を東京なんぞにやらなきゃよかった、と言ったんだと。その気持ちも分かるさ。たしか千葉《ちば》工業大だろ。秀才で、出来の良い息子だったんだろうよ。学生運動になんぞのめりこまなきゃ、まともな人生を送れただろうに」

「そうかしらね」

巻がぬる燗の猪口《ちょこ》を傾けた。

ちなみに米屋の日本酒は黄桜《きざくら》の一合と二合しかない。他のアルコール類はホッピーとサッポロの大瓶《おおびん》、チューハイ三種（プレーン、レモン、ウーロン茶）、ハイボールくらいだ。

「あたしはどうも、何の恨みもない人を焼き殺すような奴は、たとえその件は避けたとしても、いずれ人を殺《あや》めたり大怪我《おおけが》を負わせたり、そういう事をしでかすような気がする」

皆、考え込む顔になった。

「そもそも、中核派ってヤバい組織なんでしょ。普通は途中で気が付いて足抜けすると思うけどねえ」

「ヤクザと同じでよ、一度盃《さかずき》もらったら、堅気《かたぎ》になるのはてえへんなんだよ」

音二郎はジョッキを傾けてホッピーを飲み干すと、秋穂に「中身、お代わり」と告げた。

「はあい」

秋穂は音二郎のジョッキにキンミヤ焼酎を注《つ》ぎ足すと、椎茸の石づきを取り始めた。

フライ物は小麦粉と溶き卵と水を混ぜた「バッター液」にからめてからパン粉をまぶすと、ひと手間省ける。コクを出すために、今日はパン粉に粉チーズを混ぜてある。

「揚げ物かい。珍しいな」

音二郎が油を入れた鍋《なべ》を覗《のぞ》き込んで言った。

「面倒であんまりやらなかったけど、そうするとどんどん面倒になっちゃって。だから無理してもやることにしたの」

「えらいね。うちじゃ揚げ物はお勝手が汚れるから、やらないよ。肉屋で揚げたてを買ってくりゃ美味いんだが、この頃は全部スーパーだ」

匡が顔をしかめるのを、秋穂は優しくたしなめた。

「文句言わないの。資《たすく》くんだって大変なんだから」

匡の息子の資は秋穂と同年代で、高校の同級生の砂織《さおり》と結婚した。砂織は学生時代から教職を志し、離島教育に情熱を燃やして結婚後は単身赴任した。二人は三人の子供に恵まれたが、中学生までは離島で砂織と暮らし、高校からは東京で資と暮らした。だから、資は古本屋の仕事をする傍《かたわ》ら、三人の子供の食事の世話もしてきたのだった。

その甲斐《かい》あって、子供たちは立派に育ち、砂織は島の小学校の教頭になった。島では初の女性校長になる日も近いと言われている。

「ねえ、今日、冷や汁作るから、シメに食べてみる?」

「なんだい、そりゃ?」

四人とも冷や汁を知らないらしい。

「宮崎県の郷土料理。文字通り冷たい味噌汁をご飯にかけて食べるんだけど、焼き味噌にイワシの身を溶かしてあるから、すごいコクがあるの。でも、するする入って食べやすいわよ」

四人は素早く互いの顔を見交わすと、音二郎が代表して答えた。

「もらう。今まで秋ちゃんが勧めて、不味《まず》かったもんはねえしな」

「ありがと」

秋穂は衣をつけた椎茸を揚げ油に投入した。油の爆《は》ぜる小気味いい音が店内に響いた。

椎茸のフライには、カリフラワーと茹で卵のサラダを添えて出すつもりだった。

「変わったと言えば池袋《いけぶくろ》だよ」

時彦が半ば呆《あき》れ、半ば感心したような顔になった。

「和竿《わざお》の出ものがあるって言うんで、覗きに行ったんだが、いやはや。巣鴨《すがも》プリズンがサンシャイン60だとよ。びっくらこいた」

サンシャイン60はサンシャインシティの中核をなすビルで、その敷地は一九七〇年まで巣鴨拘置所だった。太平洋戦争後GHQ接収時は「巣鴨プリズン」と称され、今もその名称が記憶されている。

「池袋は分かりにくいよね。西口に東武《とうぶ》があって、東口に西武《せいぶ》があるんだから」

巻は徳利《とつくり》を傾けたが、滴《しずく》しか出てこなかった。

「秋ちゃん、ぬる燗お代わり」

「おばさん、ペース速くない？」

「おや、そう。安藤昇の話が出たせいかもね」

秋穂は黄桜を足した徳利を薬罐《やかん》の湯に沈め、タイマーをかけてから椎茸のフライを盛りつけた。

「はい、どうぞ」

椎茸は食べやすいように半分にカットした。揚げ物にはソースが一般的だが、塩も醤油も美味い。

「秋ちゃん、中身お代わり」

「俺も」

匡も時彦もキンミヤ焼酎をお代わりした。二杯目を作るとホッピーも空《から》になる。

「それにしても池袋のデパートはデカすぎるよね。迷子になりそうで、買い物どころじゃなかったよ。あたしはテルミナで事足りるから、デパートなんぞ滅多に行かないけどさ、髙島屋《たかしまや》より広いと、もうダメだわ」

「俺もデパートは三越《みつこし》と上野《うえの》松坂屋《まつざかや》くらいだな。新しく出来た店は勝手が違って、どうも入りにくい」

テルミナは錦糸町《きんしちょう》にある駅ビルの名だ。新小岩の住人は普段の買い物は地元で済ませ、足りないものがあると錦糸町へ行く。錦糸町より遠くへ行くのは、イベントに近い。

「やっぱり遠いからよね。私も新宿《しんじゅく》、渋谷、池袋は行かないもん」

秋穂は改めて自分の生活圏の狭さを自覚したが、残念とは思わなかった。むしろ便利な土地に住んで、得したような気分だった。

その時、ガラス戸が開いてお客さんが入ってきた。

「いらっしゃいませ」

「良いですか？」

お客さんは指を一本立てて、遠慮がちに尋ねた。初めて見る顔だった。四十代半ばくらいだろうか。短くカットした髪にセーターとジャンパー姿で、サラリーマンには見えないが、物腰は丁寧だった。

「どうぞ、空いてるお席に」

とはいえ、米屋はカウンター七席の狭い店なので、選択の余地はほとんどない。

平井《ひらい》朝人《あさと》は一番端の席に腰を下ろし、壁にべたべたと貼ってある魚拓を見まわした。ここは海鮮が自慢の店なのかな……と思う間もなく、女将が申し訳なさそうに言った。

「お客さん、すみませんね。釣りは亡くなった主人の趣味で、今は海鮮はやってないんですよ」

「いや、大丈夫ですよ」

朝人は反射的に答えた。何が大丈夫なのか突っ込まれると困るが、確かに店のしょぼくれた内装はありふれた下町の居酒屋で、生きの良い魚介を出す雰囲気ではない。

女将はおしぼりを差し出しながら飲み物の注文を訊《き》き、朝人はホッピーと答えた。

「お通しになります」

目の前に置かれた小皿にはシジミの醤油漬けが入っていた。何気なく箸《はし》を伸ばし、その意外な美味しさに目を見開いた。漬けダレの味も個性があるし、何よりシジミの旨味が強い。

「これ、美味いですね」

思わず声を上げると、女将は嬉《うれ》しそうに答えた。

「台湾料理屋のご主人に教えてもらったんですよ」

「タレも美味いけどシジミも美味いですね。どこかから取り寄せてるんですか？」

「ごく普通の特売品です。実はね、一度冷凍してあるんです。貝って冷凍すると、旨味が四倍になるんですよ」

女将はまるで学校の先生に褒《ほ》められた小学生のように、素直に喜んだ。それを見ると朝人は、昔何処かで会ったことがあるような気がした。

「ここ、もう長いんですか？」

「二十年ちょっとになります。最初の十年は主人と二人でやっていた海鮮居酒屋、その後は私が一人でやってる今の店。歌の文句じゃないけど、煮込みしかないくじら屋ならぬ、居酒屋」

朝人はカウンター越しにモツ煮込みの鍋を見た。すると、視線に気が付いて女将が説明した。

「牛モツを何度も茹でこぼしてから煮てあるんで、臭みは全くありません。煮汁は二十年注ぎ足しの年代物だから、美味しいですよ」

「それ、ください。あと……」

朝人は先客たちの皿を横目で見た。

「あのフライと小鉢《こばち》もいただきます」

「はい、ありがとうございます」

朝人は早速出てきた煮込みをつまんだ。牛モツは歯がなくても嚙《か》み切れるくらい柔らかく、ゼラチン質がねっとりと舌にまとわりついて、絶妙の食感だった。二十年間注ぎ足してきたという味噌味の煮汁は、深みとコクがあって、しかもしつこさがなかった。

「エノキの和風ナムルです」

次に出てきた小鉢も、箸休めにぴったりの味だった。ゴマ油と白出汁はさっぱりしていて、青のりが後を引く。

この店は案外拾い物かもしれない……。

朝人は一度箸を置き、あらためて店内を眺めた。壁の薄い油染みと年季の入ったフライパンが郷愁を誘う。気取った客が来る店ではない。近所の人が気ままに下駄《げた》ばきで来る店だ。

最近は、こういう店も少なくなったな。気安く入れる店はほとんどチェーン店になった。確かにコスパは良いけど、味も素っ気《そけ》もない。源八船頭《げんぱちせんどう》が満席で入れなかったのは残念だけど、この店はピンチヒッターとしては充分だ。

朝人はホッピーのジョッキを傾けた。久しぶりにルミエール商店街を歩いたせいか、あの頃の記憶が次々に甦《よみがえ》ってくる。

二十歳から二十七歳まで、朝人は新小岩のアパートに住んでいた。栃木《とちぎ》の高校を卒業して地元の工務店に就職したが、嫌気がさして退職し、東京に出てきた。たまたま大規模新聞販売所の求人に応募して、採用された。

そこは丸《まる》の内《うち》に事業所があったので、全国紙から業界紙まで六十種類近い新聞を、界隈《かいわい》の官公庁と大企業に配達していた。一人当たりの配達部数が多く、代金は銀行振り込みで集金の責務がなかったので、朝と夕方に三時間弱働けば、それなりの収入になった。

しかも福利厚生も良くて、事業所には食堂と風呂場が完備されていた。バイトとしては申し分ない職場環境だった。

朝人はそこで働くようになってから、ふとしたきっかけでボクシングに興味を持ち、ジムに通うようになった。プロテストに合格し、C級（所謂《いわゆる》四回戦ボーイ）となり、二年目には四勝してB級（六回戦ボーイ）に昇格した。そして……。

油の爆ぜる小気味の良い音で、朝人は回想から引き戻された。狭い厨房《ちゅうぼう》で、女将がキノコのフライを揚げていた。

その姿を見て、朝人は思い出した。この女将さんは、朝人が働いていた新聞販売所の食堂のおばちゃんに似ているのだった。顔立ちは全然似ていないが、明るく気さくな雰囲気と、言葉の端々から垣間見《かいまみ》える「食べるのと食べさせるのが大好き」な気質が、共通していた。

そう思って女将の立ち居振る舞いを眺めると、三十年近く前の光景が再び脳裏に甦ってくる。試合前の減量の日々、試合後のやたら食べまくった日々、当時付き合っていた彼女を終業後の食堂に連れて行って、二人で朝ごはんをご馳走《ちそう》になった時のこと。きっと、あれが青春だったのだ……。

「秋ちゃん、そろそろ冷や汁作ってくれねえか」

頭の禿げ上がった老人が女将に言った。「冷や汁」というメニューに、朝人は意外な気がした。

冷や汁？　宮崎の郷土料理屋でもないのに、珍しいな。そう言えば、やよい軒でも季節限定で冷や汁定食を出してたっけ。真似《まね》したのかな？

「あのう、お宅、冷や汁なんてあるんですか？」

「ちょっとインスタントですけどね。アジの干物焼く代わりに、イワシの水煮缶を使うんです。でも、味は美味しいですよ」

聞いているうちにジワッと涎《よだれ》が湧いてきた。

「僕もシメに冷や汁をいただきます。あ、まだほかにも注文しますから、もうちょっと後で」

「はい、ありがとうございます。進み具合見て、お声がけさせてもらいますね」

湯気の立つ、揚げたてのフライが目の前に置かれた。付け合わせのカリフラワーと茹で卵のサラダも美味だった。フライにはソースと……。

「すみません、辛子もらえますか？　それと、中身お代わりください」

「少々お待ちください」

椎茸のフライにソースを垂らし、練り辛子をちょっぴり載せて口に入れた。思った通りの味だった。肉厚の椎茸は、肉に負けない旨味がある。カリッとした衣に辛子とソースが絡《から》まって、幸せな味の三重奏が口の中に広がる。

ホッピーを流し込んで火傷《やけど》しそうな舌を冷やした時、ジーンズのポケットに入れたスマートフォンが鳴った。取り出して画面を見ると、姪《めい》の江川杏里《えがわあんり》からだった。妹の娘で、大学に通いながら朝人の店でアルバイトをしている。

「ああ、どうした？」

「おじさん、今から会えない？」

「良いよ。今、どこ？」

「うち」

杏里の自宅は平井《ひらい》にある。

「今、新小岩の店にいるんだ。出ておいで。駅に着いたら迎えに行ってやる」

「ありがとう。すぐ行くね」

朝人はスマートフォンをポケットにしまった。

秋穂はその一部始終をまじまじと見ていた。あの細長い箱はいったい何だろう？　新型の無線機だろうか？　あんなもので通話ができるんだろうか？

「はい、お待ちどおさまでした」

頭で考え事をしている間も、手は動かしている。秋穂は四人分の冷や汁を仕上げ、カウンターに出した。

「ご飯を冷や汁のどんぶりに入れた方が食べやすいわよ」

秋穂のアドバイスに、四人は素直に従った。

「ふうん。いけるな」

最初は半信半疑だった四人の老人も、一口食べるとたちまち美味さを感じたようだ。黙々と、しかしずるずると景気の良い音を立てながら、冷や汁を食べ進んだ。

「冬に冷や汁ってのも、乙《おつ》だな」

音二郎が言うと、巻が頷いて応じた。

「韓国じゃ、冷麵《れいめん》は冬が本場だってさ。オンドルであったかくした部屋で、冷たい冷麵を食べるのがご馳走なんだって」

「『あったかいお部屋で冷たいカルピス』ってあったわね」

秋穂は昔懐《なつ》かしいCMの一節を口にした。

「ったく、あの人形のマークが黒人差別だって言われて廃止になったんだから、とんでもない世の中になったもんさ」

匡が吐き捨てるように言った。

「『ちびくろサンボ』も絶版に追い込まれたしな。おまけに抗議運動やってる団体なるものは、親子三人だけの家族会みたいなもんだって言うじゃないか。バカバカしくて言葉もない。日本はどうなっちまったんだ」

「昔はそういうすっとこどっこいは、世間から相手にされなかったもんだ。今はどうして、そういう連中の言い分……じゃない、言いがかりがまかり通るようになっちまったのかね」

時彦も苦々しげに唇をひん曲げた。

朝人は老人たちの会話を耳にして「ずいぶん昔の話だなあ」と訝《いぶか》った。しかしすぐに、高齢者の時間の感覚は自分とは違うのだろうと思い直した。

「女将さん、姪が来るまでのつなぎに、お腹《なか》に溜まらないつまみ、何かありませんか？」

「お出汁のゼリーは如何《いかが》ですか？　出汁をゼラチンで固めて、ミントの葉とぶぶあられを飾っただけなんです。これならお出汁を飲むのとあまり変わりませんから」

秋穂は間髪を容《い》れずに答えた。迷うほどメニューの数は多くない。

「良いですね、それください」

朝人は二杯目のホッピーのジョッキを傾けた。既に半分ほど飲んでしまった。今はこれで抑えて、杏里と合流したら新しい飲み物を頼もうと思った。

「どうも、ごちそうさん」

音二郎が勘定を頼むと、巻も匡も時彦も、次々に支払いを済ませた。

「おやすみ」

「気を付けてね」

四人が店を出て行くと、秋穂は朝人にお出汁のゼリーを出してから、カウンターを片付けた。

「皆さん、ご常連みたいですね」

秋穂は苦笑を浮かべた。

「うちみたいな路地裏の名もない店は、一見《いちげん》さんがどっと押しかけて来たりしませんからね。ご常連さんのおかげで持ってるんですよ」

「でも料理、みんな美味しいですよ。このゼリーもさっぱりしてて、良いですね」

「ありがとうございます」

秋穂は朝人を見返して、気になっていたことを訊いてみた。

「お客さん、もしかして昔お近くにお住まいだったんですか?」

「どうして分かるんですか?」

目を丸くした朝人を見て、秋穂は微笑《ほほえ》んだ。

「確かに二十代の頃、北口のアパートに住んでました。だから買い物はもっぱらみのり商店会で、ルミエール商店街はあまり利用しなかったんだけど……」

「うちにいらっしゃる一見のお客さんは、新小岩に縁のある方が多いんです。北口の大学にお勤めだったりとか、学生時代に商店街で待ち合わせしていたとか……。何かないと、なかなかこんな路地裏にまで足を踏み入れないでしょう」

「北口の大学って、聖徳《せいとく》栄養短期大学ですか？」

「はい、そうです」

聖徳栄養短期大学は、平成十八（二〇〇六）年に東京聖栄《せいえい》大学として生まれ変わったのだが、秋穂はそれを知らない。

「僕、卒業生なんですよ」

「まあ、そうでしたか」

「卒業した時は聖栄大学になってたんですけど、聖徳時代に入学したんで、どうしてもそっちが出ちゃって」

説明されてもよく分からなかったが、秋穂は曖昧《あいまい》な笑みを浮かべて頷いた。

「調理師の勉強を始める前から、新小岩には住んでたんです。有楽町《ゆうらくちょう》の先、内幸町《うちさいわいちょう》に大きな新聞販売所があって、そこで働いてたんです」

「新聞少年？」

「当時はね」

朝人はそこで言葉を切って、思い出し笑いをした。

「ただ、そこ、すごく居心地の良い職場だったんで、一度勤めるとたいていは定年まで辞めないんです。だから周りは《新聞中年》がいっぱいだった」

秋穂もつられて微笑んだ。

「社員食堂があって、朝刊と夕刊を配った後、ごはんを食べられるんです。一食三百円で契約するんですけど、ご飯と味噌汁お代わりし放題で、外食に比べたらすごい格安でした」

「おいしかったですか？」

秋穂の問いに、朝人は力強く即答した。

「美味かったです。若くて食欲旺盛だったことを差し引いても、美味かったと思います。年配の人も、みんな美味いって言ってましたから」

事業所には朝夕刊の配達員の他に、事務所の社員もいるので、食堂は朝・昼・晩と、一日三食を提供していた。日曜祝日も朝刊の配達はあるので、食堂も営業する。食堂が丸一日完全に休業するのは、一月二日の休刊日だけだった。

「お正月もやってるんですか？」

「元旦はすごいご馳走が出ましたよ。一年で一番厚い新聞を運ぶ日だから、有志が屋台を出して、バーベキューやったり寿司握ったり、お祭り状態でした」

「……伺ってると、すごく楽しそうですね」

「楽しかったですよ。まあ、若かったせいもあるけど」

その時、店の固定電話が鳴った。秋穂は朝人に断って、受話器を取った。

「秋穂さん、優子です。椎茸のフライとエノキのナムル、お願いします」

「はい。ただいま」

秋穂は受話器を置くと、エノキのナムルを多めに器に盛りつけた。

「すみません、ちょっとお隣に届けますので」

「良いですよ、どうぞ」

急いでスナック優子に飛び込むと、優子は中年のお客とデュエットを始めていた。カウンターに器を置くと、目だけで挨拶《あいさつ》を交わし、米屋に戻った。

「すみませんでしたね」

カウンターに入り、椎茸のフライの準備にかかった。

「出前もやるんですか？」

「お隣だけ、特別」

お客を残して店を空けるのは不用心じゃないかと思ったが、ご常連なら食い逃げの危険もないと思い至った。そして、それなら自分も信用されたのかと思い、少し嬉しかった。

「新聞配達やってる頃、盗難事件があったんですよ。事業所じゃなくて、二軒置いた並びの店で」

事業所は山手線と京浜東北線《けいひんとうほく》の高架下に広がるアーケード街にあった。事業所の並びには会社の他に飲食店もあって、事件があったのは夫婦でやっている中華料理店だった。

「店はカウンターで二つに仕切られていて、一度通路に出ないと、店と厨房は行き来出来ないんです。毎朝ご主人が野菜を仕入れてきて、先に一人で仕込みに入るんですが……」

夏で、店の戸も開け放しにしてあり、通路から中が丸見えだった。主人は厨房で作業をしようとして、野菜の段ボールを一時店に置いた。しかも、財布の入ったウエストポーチをその段ボールの上に置きっぱなしにしてしまった。通りかかった男がそれを見て、出来心か狙《ねら》っていたのか不明だが、ポーチを摑《つか》んで走り出した。

主人はそれに気が付き、あわてて通路に飛び出して大声で叫んだ。

「ドロボー！　ドロボー！」

叫び声に驚いて、事業所からは配達を終えた販売員が何人も飛び出してきた。そして逃げ去る男に追いついてタックルし、数人がかりで取り押さえた。

「みんな、力仕事で鍛えてますからね」

窃盗犯《せっとうはん》を取り押さえた販売員は、その後、丸の内警察署から表彰された。

「表彰された先輩は丸の内警察も配達先で、署長さん以下全員顔見知りだもんで、照れ臭かったって言ってたけど」

「丸の内の配達先って言うと、他にどんな所があるんですか？」

「一番有名なのは皇居かな」

「まあ！」

秋穂は畏《おそ》れ多い気がしたが、考えてみれば皇居だって新聞は必要だ。皇族方は新聞を読まれているだろうから。

「でも、一番のお得意先は都庁だったたって、先輩が言ってましたよ。昔は千部くらい取ってくれたらしい。新宿に移転した時は激震が走ったって」

秋穂はちょっと腑《ふ》に落ちなかった。都庁が新宿に移転するのは既定路線で、丹下健三《たんげけんぞう》設計の庁舎も落成したが、移転作業が終わったというニュースはまだ聞いていないが……。

「東芝《とうしば》もNTTも本社が移転しちゃうし、東京電力はあんなことになるし、今は事業所も昔の面影は全然ないよ。再開発で新しいオフィスビルが建っても、紙の新聞を取らない会社が多いっていうんだから。IT関連の会社は、みんな電子だそうですよ」

秋穂は朝人の話が理解できなかった。東京電力がどうしたというのだろう。そしてITだの電子だの、何を言っているのかさっぱり分からない。

良いタイミングで椎茸のフライが揚がった。秋穂はサラダを添えて皿に盛り、朝人に断った。

「すみません。すぐ戻ります」

スナック優子に入ると、優子は別の客と別の曲をデュエットしていた。秋穂は再び優子と目だけで挨拶を交わし、米屋に戻った。

店に入ると、朝人は椅子《いす》から立ち上がり、ポケットから財布を出した。

「姪から電話があったんで、迎えに行ってきます。とりあえずこれ、置いていきます。後で精算してください」

朝人は財布から一万円札を取り出した。

「あら、お客さん、お帰りになる時でいいですよ」

するとと朝人は呆れた顔をした。

「女将さん、僕がこのまま帰ってこなかったらどうするの。食い逃げですよ」

「あ、そうか」

秋穂は今更ながら自分のうっかり加減に呆れる思いだった。朝人はそんな秋穂を、何《な》故《ぜ》か懐かしそうな目で見て言った。

「それじゃ、すぐ戻りますので」

朝人は軽く頭を下げて、店を出て行った。

あのお客さんは、何をしてる人かしら。

汚れた食器を洗いながら、秋穂は想像してみた。物腰は穏《おだ》やかで丁寧だが、両手が結構ごつかった。工事関係？　それとも格闘技でもやっていたのだろうか。

うまい答えが見つからないうちに、朝人が戻ってきた。続いて若い女性が入ってきた。

「女将さん、姪の杏里です」

「ようこそ、いらっしゃいませ」

秋穂は杏里と朝人におしぼりを差し出した。

杏里はまだ少女の面影を宿した、可愛《かわい》い娘だった。ややぽっちゃりしているが、秋穂にはそれが可愛さを後押ししているように見えた。

「この店、よく来るの？」

杏里は壁一面に貼られた魚拓を見回した。あまり好意的とは言えない眼差《まなざ》しだった。無理もない。若い娘が喜ぶ要素のない、しょぼくれた店なのだ。

「いや、今日偶然入った。源八船頭が満席でね。でも、拾い物だったよ。何を食べても美味しいんだ」

「ふうん」

杏里はなおも疑わしそうな目をしていた。飲み物メニューの貧弱さが、疑いに拍車をかけたようだ。

「女将さん、ホッピーお代わり」

朝人は注文してから杏里に言った。

「ホッピーにしないか。低糖質だから、ダイエッター向きだよ」

杏里は渋々という感じに頷いた。朝人は秋穂の方に向き直った。

「ホッピー二つ。それと女将さん、ダイエット向きのつまみ、ないかな？」

「そうですねえ。先ほどのお出汁のゼリー、エノキのナムル、しめじの梅ポン和え、小《こ》松菜《まつな》のガーリック炒《いた》め……」

料理名を挙げてから、あまりにも野菜に偏りすぎていると気が付いた。

「海老《えび》と野菜の春雨スープもお勧めです。野菜もたっぷりで、食べ応《ごた》えも充分ですよ」

「良いですね。それください」

そして杏里を振り向いた。

「野菜とキノコとコンニャクと豆腐は、ダイエットの強い味方だよ。まあ、こんなこと釈迦《しゃか》に説法だろうけど」

「お嬢さん、ダイエットなさってるんですか？」

むっとして押し黙っている杏里の代わりに、朝人が頷いた。

「そんな必要ないと思いますけど」

若い女性は太っていても可愛いのにと思う。

「僕もそう言ってるんだけど、本人が聞かなくて」

「どういうダイエットをなさってるんですか？」

秋穂が若い頃評判になった弘田《ひろた》三枝子《みえこ》の古《いにしえ》の『ミコのカロリーBOOK』と、十年ほど前に大ベストセラーになった鈴木《すずき》その子《こ》の『やせたい人は食べなさい。』が頭に浮かんだ。

「糖質制限」

杏里が不愛想に答えた。

秋穂がホッピーを出すと、杏里は乾杯もせずにジョッキを呷《あお》った。やけ酒のようだと思う間もなく、杏里が言った。

「コージ、別の子と付き合ってるの。この頃会えないし、メールしても返事がないし、変だと思ってたんだけど」

そして、悔《くや》しそうに付け加えた。

「その子、痩《や》せてるのよ」

朝人が苦笑を漏らすと、杏里はきっとして睨《にら》んだ。

「おじさん、ボクシングやってたんでしょ。そんなら減量の指導してよ。私、ダイエットしてるのにちっとも痩せられない。このままじゃ、何もかもうまくいかない。勉強も、恋も、就職も、全部」

「痩せたら全部上手《うま》くいくと思うか？」

杏里はかたくなな表情で頷いた。

「少なくとも今よりはまし。コージよりイケメンと付き合えるかもしれないし」

朝人はうんざりした顔で首を振った。

「はっきり言うが、コージとやらは誠意のない浮気者だよ。痩せた女が好きなら、最初からお前に声をかけるわけないじゃないか」

その通り！　秋穂は心の中で快哉《かいさい》を叫んだ。

杏里はむっとした顔で押し黙っている。

「減量は簡単だよ。バランスの良い食事をして適度に運動すれば、必ずサイズダウンする」

「だって私、痩せないんだもん。ボクサーの減量って、あるんでしょ」

「ボクサーの減量は、厳密に言うと減量じゃない。元々脂肪があまりない身体を無理やり絞るんだから、最後は水分を減らすしかない。試合が迫ってるから耐えられるんで、普通の生活であんなことは出来ないよ」

朝人は顔を上げて秋穂を見た。

「昔、新聞販売所で働きながら、ボクシングやってたんですよ」

「まあ、そうだったんですか」

それで両手がごつくなったのか。

「朝晩、食堂で飯食ってました。食堂のおばちゃんたちはみんな良い人で、特に主任さんには良くしてもらいました。試合が近づくと、まずご飯要《い》りません、次は味噌汁もなしでおかずだけ。最後はレタスだけ山盛りでもらうんです。ホントはいけないんでしょうけど、いつも特別食出してくれました」

後楽園《こうらくえん》での試合が近づくと、朝人は職場の人に宣伝をして、チケットを買ってもらった。立ち見席だったが三十枚近く売れるので、朝人のチケット販売力はジムでもトップクラスだった。八回戦に上がった時、大手ジムに移籍できたのは、販売力を買われたからだと思っている。

「主任さんだけはいつもリングサイドを二枚買ってくれて、友達と観に来てくれました」

六回戦に上がって二試合目に、朝人は生涯初めてKO負けをした。第三ラウンドが始まった直後だった。相手は次の試合で八回戦に上がり、後に日本ランキングで三位に着けた。朝人がそれまで出会った選手の中で、けた外れに上手くて強い選手だった。

その時から、朝人のボクシングには目標が出来た。もう一度、あの選手、アオキと対戦する。そして引退する。

「それから練習にも減量にも、取り組み方が変わりました。もう一度アオキと対戦するためには、自分のレベルを上げるだけでは足りない。お世話になったジムを辞めて、試合を組んでくれそうな大手のジムに移籍しました」

大手ジムは違うと思ったのは、それまで後楽園での試合は月曜日だったのが、金曜日になったことだ。力のあるジムは、客の入りの良い日に後楽園を押さえることが出来るのだ。

「それで、対戦は出来ました？」

朝人は頷いて、小さく笑みを浮かべた。

「絶好調で臨みました。練習も減量も、それまでで一番順調で、体調も万全、メンタルも申し分なかったと思います」

試合が始まった。アオキは三年前より強くなっていたが、朝人も練習を積んで技量を上げた自信がある。しかし、打ち合ううちに奇妙な感覚に襲われた。満足感と幸福感だった。

「なんだか変ですけど、ああ、もうこれでいいやって気持ちになったんです。悔しいとか怖いとか、みじんもないですよ。アオキと打ち合ってることが、すごく楽しかった……」

第五ラウンドで、朝人は棄権を申し出た。

「どうしてですかね。もうお腹いっぱいで、ごちそうさま、みたいな……」

朝人はボクシングを辞めた。そして次の人生設計を考えた時、調理師とマッサージ師、二つの選択肢があった。

「結局、調理師を選びました。食堂の雰囲気が良かったからかもしれない。販売所に勤めながら新小岩の、今の聖栄大学に通って調理師の免許を取りました。卒業してレストランに就職が決まって、販売所は辞めました」

やがて東京聖栄大学時代の同級生と結婚し、独立して二人で店を持った。

「今、錦糸町で洋食屋をやってます。今日は女房が甥《おい》の結婚式で横浜に行ったんで、店は臨時休業したんですよ」

「ご苦労の甲斐があって繁盛してらっしゃるんですね。おめでとうございます」

朝人はもう一度懐かしそうに秋穂を見た。

「その主任さんの口癖が『痩せたい』だったんです。僕は最初のジムで、女性用のダイエットクラスの指導もしてたんで、お世話になってるから無料で指導しますよって申し出たら」

主任さんはあっけらかんと言った。

「それ、食事とか運動とか、努力しないとダメなんでしょ。平井君、あたし、努力できないのよ」

朝人は呆れかえって答えた。

「主任さん、努力しないで痩せたいって言うのは、働かないで金くれって言ってるのとおんなじですよ」

　主任さんはたちまち破顔し、手を叩いて大笑いした。

「平井君、最高！　孟子《もうし》の『恒産《こうさん》なき者恒心《こうしん》なし』に匹敵する名言だわ！」

　朝人は孟子の言葉は知らなかったが、褒められたのは嬉しかった。

「長々とこんな話をしたのは、杏里、お前が痩せたいと思う、その先の目標が見えないからなんだ」

　急に話を振られて、杏里は戸惑い気味にジョッキに手を伸ばした。

「人間、はっきりした目標があれば努力できる。ダイエットクラスに来てた女性も、ミスコンテストに応募するとか、結婚式が控えてるとか、はっきり目標が決まってる人は、みんな成功した」

　朝人は杏里に向かって、穏やかに問いかけた。

「言ってごらん。お前は痩せて、何がしたい？」

「私……」

　杏里は言い淀んで、ホッピーに口を付けた。

「一人の時間を楽しむ方法を見つけたら、よろしいんじゃないですか」

　朝人も杏里も、驚いて秋穂を見上げた。秋穂は照れ笑いを浮かべたが、悪びれることなく先を続けた。

「不実な男に振り回されてる女性が、お店にいらしたことがあるんです。そしたら別のお客さんが、釣りを勧めたんです。一人で出来るし、仲間と一緒でも楽しいからって。なるほど、と思いました。一人でいる時間を楽しめないと、毎日が不満で虚《むな》しかったりします。それを埋め合わせるために、自分に相応しくないことに手を出してしまう……。一人の時間を楽しめるようになれば、自分に相応しくない相手を、運命の人と思い込むようなこともなくなるでしょう」

「その通りですよ」

朝人はしみじみと言った。

「杏里、お前の考えはどうだ?」

杏里は急に顔をゆがめたかと思うと、両手で顔を覆って嗚咽《おえつ》を漏らし始めた。

「私、毎日すごい食べてるの。我慢できなくて、夜になるとコンビニでお菓子やパンや弁当買い込んで、喉《のど》に詰まるくらい食べるの。そうすると今度は、大食いした罪悪感と嫌悪感で胸が悪くなって、トイレに駆け込んで喉に指突っ込んで、全部吐くの。毎日そんなことの繰り返し。最近は夜まで待てなくて、講義が終わった途端に食べたくなって、マックでドカ食いして駅のトイレで吐いたりする。もう、何のために生きてるか、分からなくなる」

秋穂は思わず朝人の顔を見た。朝人も困惑した顔で秋穂の目を見返した。二人とも、杏里の陥っている症状に心当たりがあった。拒食症の症状の一つだ。

「自分が空っぽなのは分かってる。それが耐えられないの。胃がパンパンになるまで食べると、少しは中身が増えたような気がする。でも、すぐにそんな自分が嫌になる」

杏里は洟《はな》をすすり上げた。

「瘦せてスタイルが良くなれば、今の自分から変われる気がした。ダイエットの成功体験で、幸せになれるような気がした。でも、全然ダメ。私、もうどうしていいか分からない」

秋穂が新しいおしぼりを差し出すと、杏里はごしごしと瞼《まぶた》を拭った。

「お嬢さんはまだ大学生でしょ。そんなに慌てて詰め込まなくても大丈夫ですよ」

朝人は秋穂を援護するように何度も頷いた。

「おじさんだって、二十歳過ぎるまでボクシングをやろうなんて思わなかったし、ボクシングをやってる時は、将来洋食屋さんをやるなんて思わなかったでしょう。人は一生懸命生きてるうちに、好きなことも変わるし、仕事やポジションも変わるんですよ」

秋穂だって教師をしている頃は、まさか夫と二人で居酒屋を始めるとは思わなかった。

しかし、今は居酒屋の女将が天職であるような気がしている。

「落ち着いて考えて、ゆっくり選んで、ゆっくり決めればいいんですよ」

「その通り」

朝人は杏里に微笑みかけた。

「そのためにはまず、食事はゆっくり楽しもう。世の中には美味しいものが沢山あるのに、あわてて食ったら、味も素っ気もないじゃないか。もったいないよ」

杏里は気持ちが落ち着いたらしく、洟をすすって素直に頷いた。

「冷や汁食べないか？　さっきお客さんが食べるの見てたら、すごく美味そうだった」

「うん」

朝人は指を二本立てた。

「冷や汁二つ、ください。ご飯は大盛で」

「はい、少々お待ちください」

秋穂はしゃもじにアルミホイルを巻き始めた。

ルミエール商店街を松島方向に進み、中ほどで右に曲がって、最初の角を左に曲がる。その路地に面して建っていたはずのちっぽけな居酒屋が見つからない。

左に「とり松」という焼き鳥屋、右に昭和レトロなスナック「優子」。その二軒に挟まれてしょんぼり赤提灯《あかちょうちん》の下がっていた「米屋」がない。あるのはすでにシャッターを下ろした「さくら整骨院」という治療院だ。

朝人はさくら整骨院の前で迷っていたが、女将さんが隣のスナックに出前をしたのを思い出し、スナック優子の入り口のドアを押し開いた。

「あのう、すみません、ちょっとお尋ねします」

カウンターの中でグラスを磨いているママらしき女性が朝人を見た。二人いる客は話し込んでいて、手持ち無沙汰《ぶさた》の感じだった。

「なんでしょう？」

きれいに化粧して髪をセットしているが、年の頃は米屋の女将と同年代に思われた。

「この近所に米屋という居酒屋はありませんか？　たしかお隣だったと思うんですけど、違う店になってて」

さほど明るくない照明の下でも、ママの顔が引き攣《つ》るのが分かった。

「もう一月《ひとつき》くらい前になりますが、米屋に行って、女将さんにお世話になったんです。一言お礼を言いたくて……」

ママはグラスにビールを注いで、一息に飲み干した。そして、大きく深呼吸してから口を開いた。

「お客さん、米屋のことなら、とり松さんに行ってください。多分年寄りの客が四人いるから、あの人たちに訊くのが一番ですよ」

わけが分からなかったが、ママからそれ以上話が聞けそうにないので、朝人は礼を言って店を出て、とり松を訪ねた。

「ごめんください」

引き戸を開けると、店内に満ちた焼き鳥の匂《にお》いが鼻に流れ込んだ。

テーブル席が二つある分米屋より広いが、小さな店だ。カウンターには先客が四人座っている。背中の感じで高齢だと分かった。

七十代後半らしい店主は団扇《うちわ》を叩きながら焼き鳥の串を焼き、同年代の女将さんはチューハイを作っていた。

「ちょっとお伺いしますが、この近くに米屋という店は……」

言いかけた途端、カウンターに座っていた四人の客が振り返った。その顔には見覚えがあった。

「私、一月ほど前に米屋さんに行ったんです。その時、皆さんもいらしてましたよね？冷や汁、召し上がってたでしょう」

四人はいわくありげな顔つきになり、互いに顔を見合わせた。その中で一番高齢の、頭のきれいに禿げ上がった沓掛直太朗《なおたろう》が、代表して答えた。

「お客さん、あなたの会ったのは、多分私の親父です。もう二十年くらい前に亡くなりました」

朝人が仰天して言葉を失っていると、隣にいた髪を薄紫色に染めた井筒小巻が先を続けた。

「米屋もとっくになくなりましたよ。女将の秋ちゃんが急死して。平成に入って二、三年経った頃でしたね」

山羊のような顎鬚《は》を生やした谷岡資が後を引き取った。

「跡継ぎがなかったんで人手に渡って、今の整骨院で五代目くらいになります」

ポケットの沢山ついた釣り師のようなベストを着た水ノ江太蔵《たいぞう》が、締めくくった。

「でも、どういうわけか最近、米屋に行って秋ちゃんや我々の親に会ったっていう人が、訪ねてくるんですよ。お世話になったからお礼を言いたいって」

小巻がしみじみとした口調で言った。

「秋ちゃんは元は学校の先生でね。ご主人共々、親切で面倒見の良い人だった。だからあの世に行ってからも、困ってる人を見ると放っておけないのかもしれないわ」

直太朗が苦笑を漏らした。

「親父も人助けに一役買ってると思うと、くすぐったいような気がするけどな。頑固一徹の職人だったのに」

資が顎髭をしごきながら言った。

「まあ、秋ちゃんも親父たちも、あの世でも仲良くやってるのが分かって、供養《くよう》になったんじゃないかな」

最後は太蔵が、朝人に向かって言った。

「お客さん、もし米屋での経験がお役に立ったなら、たまに秋ちゃんのこと、思い出してくださいよ。あの人は子供がなかったから、俺たちが死んだら忘れられてしまうからね」

朝人は衝撃のあまり声を発することさえできず、後ずさった。そして引き戸の敷居をまたぐと、一目散に駆け出した。

やっとアーケード商店街に戻ると、膝《ひざ》がガクガクと震え出した。まさか自分が幽霊を見るとは！　それも一人ではなく、五人も揃った幽霊を。

秋穂の顔が目に浮かんだ。とても幽霊には見えなかった。するとそこに食堂の主任さんの顔が重なった。去年亡くなったと、人づてに聞いた。一人暮らしで家族もなく、生前購入した墓所に葬られたという。

不意にベストの老人の最後の言葉が耳に甦った。

たまに秋ちゃんのこと、思い出してくださいよ。あの人は子供がなかったから、俺たちが死んだら忘れられてしまうからね。

ああ、主任さんと同じだ。自分が死んでしまったら、覚えている人は誰もいなくなる。

そう思った瞬間、恐怖は霧が晴れるように消え失《う》せ、懐かしさと感謝の気持ちが湧き上がった。

女将さん、ありがとうございました。おかげさまで、杏里は心療内科を受診して、治療を受けています。順調に回復していますよ。これからあの子にも明るい未来が開けます。

朝人は走ってきた道を振り返った。

この先の横町にあった古い小さな居酒屋は、今はもうない。だからいつまでも覚えていよう。そしていつか何処かであの女将さんと再会したら、自慢のハンバーグを食べてもらおう。

朝人はくるりと踵《きびす》を返し、駅に向かって歩き始めた。

第二話

歌う深川飯

秋穂《あきほ》は新宿《しんじゅく》駅から総武《そうぶ》線に乗った。新小岩《しんこいわ》まで直通だ。列車は空《す》いていたので、秋穂は座席に腰を下ろした。

電車に揺られながら、何という事もなく窓の外の景色を眺めていた。御茶ノ水《おちゃのみず》駅が近づくと、いつもある種の感動を覚える。切り立った渓谷《けいこく》のような風景が目の前に続く。これが自然の渓谷ではなく、江戸時代に人工的に造成された地形と聞くと、感動はいや増す。電気工具も重機もなかった時代に、人力でこれだけの工事を成し遂げるとは……。

ぼんやり車窓を眺めているうちに、異変に気が付いた。秋葉原《あきはばら》に近づくにつれて平坦になるはずの地形が、ますます急勾配《こうばい》に険しくなっていくのだ。しかも周囲は深い森林に囲まれている。

電車はまさに深山幽谷《しんざんゆうこく》の中に入ってゆく。

秋穂は狼狽《ろうばい》して周囲を見回した。これは総武線のコースじゃない！　一体どうして、

こんなことに⁉

車掌を呼ぼうと車内に目を凝らした。何処《どこ》かに非常ベルがあるはずだ。

しかし、さらに恐ろしいことに、車内にいたはずの乗客の姿が消えていた。わけのわからない場所を走る列車に、秋穂は一人で取り残されている。

止めて！

そこでハッと目が覚めた。気が付けば炬燵《こたつ》に突っ伏している。遅い昼ごはんを食べてのんびりしているうちに、いつの間にかうたた寝をしていたらしい。

それにしても、いやな夢だこと。

壁の時計に目を遣《や》ると、すでに四時半に近い。店を開ける準備を始めなくてはならない。

秋穂は炬燵を出て、仏壇の前に座った。写真立ての中から、正美《まさよし》が優しく微笑《ほほえ》みかけてくる。

おいおい、秋穂、大丈夫か。電車、間違えたんじゃないか？

「ちゃんと総武線に乗ったのよ。そしたらとんでもないコースに逸《そ》れちゃって、もう、生きた心地もしなかったわ」

秋穂は蠟燭《ろうそく》を灯《とも》し、線香に火を移した。香炉《こうろ》に立てておりんを鳴らし、両手を合わせて目を閉じた。

こうしていると心が落ち着いて、店を開ける準備が整う。

秋穂は目をあけ、両手を離して蠟燭の火を消した。

それじゃ、行ってきます。

秋穂は立ち上がり、店に続く階段を下りていった。


東京都葛飾区《かつしか》の最南端に位置する新小岩。JRの駅はオープンしたばかりの最新の駅舎で、ショッピングモールが併設されている。南口と北口には古くからの商店街があり、駅周辺は商業施設のみならず「食の専門家」の育成を旨とする東京聖栄《せいえい》大学も居を構える。

しかし、新小岩のランドマークと言えば、何と言っても南口のルミエール商店街だろう。昭和三十四（一九五九）年に完成したこのアーケード商店街は、全長四百二十メートルで、葛飾区と江戸川《えどがわ》区松島《まつしま》にまたがっている。

百五十軒ほどある店は、入れ替わりはあるものの、空《あ》き店舗が出るとすぐに次のテナントで埋まり、シャッターを閉めっぱなしの店は一軒もない。芸能人がプロデュースした唐揚げやコロッケの店、エスニック料理店やアジア雑貨の店、その他個性的な専門店が営業している。

地元商店組合の肝《きも》いりで、一年を通じて春夏秋冬イベントが催され、商店街を盛り上げている。

四月と十月には「よしむねまつり」「こまつり」をメインタイトルにしたイベントが開催されるが、そこに「よしむねさま」と「こまつなっち」という二体のゆるキャラが登場する。

どうして新小岩が「暴れん坊将軍」と小松菜《こまつな》に関係あるのか、不思議に思う方もおられるだろう。

それは八代将軍吉宗《よしむね》が小松川付近の神社に参詣《さんけい》に赴いた時、昼食に出された吸い物に入っていた冬菜を気に入ったのがきっかけだ。冬菜の名を尋ねると無名とのことだったので、「それでは小松菜と名付けよ」と仰《おっしゃ》ったとか。

その土地、江戸川区小松川は葛飾区新小岩に隣接し、葛飾区の農家も小松菜を生産していることから、徳川《とくがわ》吉宗と小松菜が、ルミエール商店街を代表するゆるキャラのモデルとなった。

そんな新小岩の南口には再開発計画が進んでいる。二〇二九年には駅側に地上十二階、ルミエール商店街沿いには地上三十九階の大型ビルが竣工《しゅんこう》予定だ。四階までは商業施設と事務所オフィスが入り、五階からは住居施設となる。つまり、商店街のお隣にタワマンが建つのだ。

一般に大型商業施設が出来ると、地元の商店街は寂れると言われている。ルミエール商店街が定石《じょうせき》通り活気を失うか、そんな定石を覆し、これまで通り下町商店街の魅力を発揮し続けてゆくか、まだ分からない。

しかしこれまで店や建物は移り変わっても、街の持ち味が変わらなかったように、ルミエール商店街もその持ち味を失わずにいてほしい。新小岩の住人なら、誰もがそう願うだろう。

米田《よねだ》秋穂は料理の仕込みをしながらラジオを聞いていた。テレビは店に置いていない。あったとしても手元がおろそかになるので、どうせ作業中は音声しか聞けない。ＦＭで音楽を聴くことが多いが、パーソナリティーが活躍するＡＭ放送を聴くこともある。

最近は偶然耳にした、宮本大也《みやもとだいや》という若手芸人の担当する「突撃！　あの時の現場」というコーナーに、すっかりはまってしまった。

「淡谷《あわや》研二《けんじ》の夕焼けサンクス」という番組に新しく登場したコーナーで、内容は関ヶ原《せきはら》の合戦《かっせん》や本能寺《ほんのうじ》の変、吉良《きら》邸討ち入りなど、歴史上の事件の現場を実況中継するのだが、そのリポーター役を永六輔《えいろくすけ》、佐分利信《さぶりしん》、鶴田浩二《つるたこうじ》、田村正和《たむらまさかず》、森繁久彌《もりしげひさや》などの物まねで演じるのが、抜群に面白い。特に永六輔は単に話し方だけでなく、思想信条まで取り入れた物まねをするので、聴いているとおかしくて腹の皮がよじれそうになる。

噴き出すたびに手が止まり、作業の邪魔と言えば邪魔なのだが、週一回の大也のコーナーが待ち遠しくてならない。聴き逃すと悔《くや》しいので、番組開始と同時にラジオを点《つ》け、三十分以上もコーナーの始まりを待っているほどだ。

「皆さん、こんばんは〜！　宮本大也でございます。今日も皆さんと、歴史の目撃者になりましょう！」

ラジオから大也の声が流れてきた。軽快な語り口に、あっという間に大也の世界に誘い込まれてゆく。

耳はラジオに傾けながら、仕込みの手を動かした。今日の分の牛モツの下茹《したゆ》でをしながら、簡単に出せる作り置きのつまみを用意する。カブの昆布茶サラダ、長ネギのポン酢漬《づ》け、モヤシとかいわれの鯖蒸《さばむ》し。すべて五分以内で出来上がる手間要《い》らずだ。

素人《しろうと》の女将《おかみ》がワンオペでやっている店だから、手の込んだ料理ばかり作っていたら息切れしてしまう。それにほとんどご常連ばかりのお客さんも、米屋《よねや》にミシュランの星を求めて通ってくれるわけではない。

大也のコーナーは二十分足らずで終わってしまった。秋穂はがっかりしたが、ラジオはお客さんが来るまでつけっ放しにしておく。

「よう」

六時の開店を待っていたように入ってきたのは、ご常連の沓掛音二郎《くつかけおとじろう》。悉皆屋《しっかいや》「たかさご」の主人で、名人と謳《うた》われる腕の持ち主だ。

ちなみに悉皆とは、染み抜き、染め替え、紋入れ、紋抜きなど、着物のメンテナンス全般を扱う仕事で、着物人口の多かった時代には必須の職業だったが、ほとんどの女性が七五三と成人式と子供の結婚式でしか着物を着なくなってしまった昨今、絶滅危惧種並みとなった。

「いらっしゃい」

秋穂はラジオを消し、おしぼりを差し出した。受け取った音二郎の口元がわずかに緩《ゆる》んでいる。面白い仕事が舞い込んだのかもしれない。

「ホッピー」

「何かいいことあったみたいね」

秋穂はジョッキにキンミヤ焼酎《しょうちゅう》を注ぎ、ホッピーの栓を抜いて音二郎の前に置いた。

「まあな」

音二郎はジョッキにホッピーを注ぐと、かき混ぜないで一口飲んだ。ホッピーはマドラーでかき混ぜないのが正統派と言われている。

「どんな注文が来たの？」

秋穂はお通しのシジミの醬油《しょうゆ》漬けを出した。

「仕事そのものはどうってこたなかったが、品にまつわる因縁がよ、なかなか」

音二郎はシジミを一粒つまみ、身を吸い出した。

「パッチワークっていうのか、細かい布を縫《ぬ》い合わせて作る……」

「ああ、知ってる。ハワイアンキルトでしょ」

アメリカンパッチワークとハワイアンキルトは別のものだが、秋穂も音二郎も分かっていないので、話は通じた。

「祖母《ばあ》さんだかひい祖母さんだかの着物が、あったそうだ。これが牛首紬《うしくびつむぎ》の上物《じょうもの》でな。最初は着物だったのを、戦後スーツに仕立て直して、それから座布団カバーになって、最後は茶托《ちゃたく》になった」

お客はクッションカバーとコースターと言ったのだが、音二郎の頭の中では勝手に日本語に変換される。

「その茶托を使って、パッチワークでアップリケを作ったんだと。名前は知らんが、きれいな薄紫色の花だった。別の布で葉っぱも作ってあった」

そのお客は、大切な曾祖母の着物で作ったアップリケを使って、お太鼓柄《たいこがら》の帯を作ってほしいと注文した。お太鼓柄とは、お太鼓部分と帯前にのみ模様のある柄行《がらゆき》だ。

「持ち込んだのは自分の母親の帯で、黒地の染帯だった。帯の柄を消して、そこにアップリケを縫い付けたいってわけさ」

模様部分だけ染めると地の部分と染めむらが出来るので、全体に染め直すことにした。

「お客さんは五十くらいだったが、自分じゃなくて娘に締めさせたいってんだ。だったら地色の黒も、もちっと華やかにしてやろうと思ってな。帯地は藍下黒《あいしたぐろ》で上品だが、若い娘なら濡羽《ぬれば》色《いろ》の方が良かろうと」

藍下黒とは藍を下染めにした、青みを含んだ気品のある黒色で、最高級の黒染めの色とされている。檳榔子《びんろうじ》黒《ぐろ》、檳榔子《びんろうじ》染《ぞめ》とも呼ばれている。濡羽色とは烏《からす》の羽のような艶《つや》のある黒色のことで、別名は濡烏《ぬれからす》、烏羽色《からすばいろ》。

「ひ孫の代まで大事にされりゃ、ひい祖母さんも着物も浮かばれるってもんだ」

「牛首紬って高いんでしょ？」

「日本三大紬だ。生産量が少ないから、あんまり出回ってねえがな」

大島《おおしま》紬、結城《ゆうき》紬、牛首紬が三大紬と称されている。

「今日、シメに白菜《はくさい》とアサリのクリーム煮なんてどう？　アサリの旨味がたっぷりで、美味《おい》しいわよ」

「身体に良さそうだな」

　そう言ってから音二郎は苦笑を漏らした。

「身体に良いなんて言うようになっちまったら、人間、お終《しめ》えだな」

「あら、どうして？」

「美味《うま》いもんは大抵身体に悪いだろう。酒とかタバコとか」

　秋穂は思わず噴き出した。

「ホントね。病院の食事って、まっずいもんね」

　秋穂はモツ煮込みを器に盛って出し、続けて箸休《はしやす》めにカブの昆布茶サラダを出した。

　このサラダは皮を剝《む》いて半月切りにしたカブと、みじん切りにした葉を塩揉《しおも》みし、昆布茶とオリーブ油で和《あ》えれば出来上がり。五分で出来るお手軽料理だが、冬に旬を迎える白い野菜の甘さと旨さを、昆布茶が存分に引き立てている。

「こいつは乙《おつ》な味だな」

　音二郎はカブを口に入れて呟《つぶや》いた。

「こんばんは」

ガラス戸が開いてお客さんが入ってきた。

「いらっしゃいませ」

二人連れの若い男性だった。一人は三十代前半、もう一人は二十代だろう。もちろん、初めて見る顔だ。米屋には五十歳以下のお客はほとんど来ない。

二人はカウンターに腰を下ろすと、物珍しそうに店内を見回した。当然ながら、壁一面に貼られた魚拓に視線が行く。

「すみません。あれはみんな、亡くなった主人の趣味なんです。うちは海鮮はありませんので」

秋穂が先回りして説明すると、年長の方が愛想よく言った。

「大丈夫です。僕たち、海鮮にこだわりありませんから」

「良かった。お飲み物、何がよろしいですか」

「やっぱり、ホッピーだよな」

年長の方が若い方に確認するように言った。

「はい」

「それじゃ、ホッピー二つ」

坂垣充《さかがきみつる》は秋穂に向かって指を二本立てた。充はラジオ局のディレクターで、連れの木《き》村昇《むらのぼる》はアシスタントディレクター、すなわちＡＤだ。

「これ、うまいですね」

昇はお通しで出されたシジミの醤油漬けを食べて、意外な美味さに驚いた。愛媛《えひめ》の出身で、子供の頃から新鮮な魚介を食べて育ったので、魚にはうるさい方なのだ。こんな冴えない居酒屋で出てくるつまみとは思えなかった。

「台湾《タイワン》料理屋のご主人に教えてもらったんです。ああ、それと、そのシジミは一度冷凍してあるんですよ。冷凍すると、貝は旨味が四倍になるんですって」

秋穂はホッピーを用意しながら、嬉《うれ》しくなって説明した。

充と昇はホッピーで乾杯し、シジミをつまんだ。

「女将さん、煮込みと他に何か、適当に見繕《みつくろ》って出してくれる？」

「はい、畏《かしこ》まりました」

秋穂はまず煮込みを器に盛って出し、続けてカブの昆布茶サラダ、長ネギのポン酢漬け、モヤシとかいわれの鯖蒸しを出した。すべて作り置きなので、あっという間に出せる。

長ネギのポン酢漬けはゴマ油で焼いたネギをポン酢醤油に漬けただけだが、一度焼くことでネギの甘味が引き立つ。器に盛ってから一味唐辛子《とうがらし》を少し振った。

モヤシとかいわれの鯖蒸しは、簡単料理の真骨頂だ。耐熱容器に鯖缶の水煮とモヤシを入れて電子レンジで加熱したら、めんつゆとかいわれ大根を加えて混ぜるだけ。鯖の旨味でモヤシがいくらでも食べられる。

充と昇は仕事の話を始めたものの、意外な美味さに惹《ひ》かれて箸を動かし続けた。

「秋ちゃん、中身お代わり。それと、例のやつをたのむ」

「はい」

秋穂は音二郎のジョッキにキンミヤ焼酎を注《つ》ぎ足すと、料理に取り掛かった。

オリーブ油でニンニクを炒《いた》め、香りが立ったら白菜のざく切りを加えてさらに炒め、しんなりしたら冷凍したアサリと日本酒を加えて蓋《ふた》をする。レシピ本には白ワインと書いてあったが、大匙《おおさじ》二杯のために白ワイン一本を買うのもバカらしいので、日本酒で代用した。アサリの口が開いたら生クリームを加え、塩・胡椒《こしょう》で味を調える。これも出来上がるまで十分とかからない。

「はい、お待ちどおさま」

音二郎は添えられたスプーンを取り、ずるずる音を立てて汁を啜《すす》った。満足したようで、目尻を下げている。

「アサリは洋風もうめえな」

「クリームと相性が良いのよ。クラムチャウダーなんて料理もあるしね」

充と昇は音二郎の器を覗《のぞ》き見て、羨《うらや》ましそうに顔を見合わせた。

「女将さん、こっちにも同じもの、二人前ください。それと、中身お代わり」

「はい、畏まりました」

空いた器をカウンターから下げ、秋穂はこの二人はどういう職業だろうと思った。服装はラフな感じでサラリーマンには見えない。髪が長めなので、飲食業でもなさそうだ。

「この商店街、にぎやかだね」

白菜を切っていると、充が声をかけた。

「仕事柄、東京中あちこちの商店街に行くんだけど、シャッター通りになってるところも多くてね。あれを見ると寂しくなる」

「ここはお店、全部開いてますよね」

昇が煮込みに箸を伸ばして言った。

「近くに駅ビルやショッピングモールがないからかもしれませんね。生活密着型なんで、地域の方が利用しやすいんじゃないかしら」

飲食店が多いが、それ以外にもファッション・小物・生活雑貨の店、生花店、米穀店、クリニック、調剤薬局、パチンコ店の上階にはカプセルホテルまである。

「でも、出来た当初はもっとすごい賑《にぎ》わいだったそうですよ。休みの日なんか、人出が多くてまっすぐ歩けなかったくらい。アーケード商店街が珍しかったから、浦安《うらやす》の方からもわざわざバスに乗って、お客さんが来たんですよ」

充も昇も、感心した顔で頷《うなず》いた。

「今じゃ考えらんないですね。浦安はディズニーランドで千客万来だし」

「たしか新浦安《しんうらやす》は、若いお母さんが一番住みたい街なんですよ。街路の感じがカリフォルニアみたいだって言うんで」

秋穂がちらりと音二郎を見ると、案の定顔をしかめている。

「あにがカリフォルニアだ、バカくせえ。ちょっと前までべか船で、海苔《のり》だの貝だの採ってた土地だろうが」

声には出さなくても、腹の中で毒づいているのが分かって、秋穂は笑いをかみ殺した。

「ごっそうさん」

音二郎はカウンターの上に代金を置いた。

「ありがとう。お気を付けてね」

最後は機嫌よく片手を振って、音二郎は帰って行った。

「お客さん、お仕事で商店街を回られてるんですか？」

カウンターを片付けながら、秋穂は話の接《つ》ぎ穂《ほ》に訊《き》いてみた。

「僕たち、ラジオ番組作っててね。週一回、商店街から生中継するコーナーがあるんで、その候補選びと下見を兼ねて、東京中あちこち出没してるんだ」

「あら、『生歌ショッピング』みたい」

秋穂が「淡谷研二の夕焼けサンクス」のコーナーの名を挙げると、充と昇は嬉しそうに相好《そうごう》を崩した。

「それ、それ！　ドンピシャ！」

「僕たち、月曜と金曜の担当なんです！」

「あらあ！　私、毎日仕込みしながら聴いてるんですよ」

秋穂も思わず声を弾ませた。

「『突撃！　あの時の現場』が大好き！　宮本大也の大ファンなんですよ！」

担当が違うせいか、二人はそのセリフにはあまり反応しなかった。

「来週、ルミエール商店街から生中継するんで、今日は下見に来たんです」

昇の言葉に、秋穂は思わずカウンターから身を乗り出した。

「どなたがいらっしゃるの？」

「森永《もりなが》ひろし」

秋穂はその歌手を知らなかった。

「デビューしたばっかりの演歌歌手です。実力はあるしルックスも良いんで、きっと大人気になりますよ」

「そう言えば、演歌の人ってみんな歌上手《うま》いですよね。演歌の歌手で音痴って知らないわ」

秋穂は白菜とアサリのクリーム煮を仕上げ、二人の前に並べた。

「すごい、良い味」

充はスープを一匙啜ると、次はホッピーで舌を冷やした。二杯目のジョッキも空《から》になった。

「ええと、ビールください」

「サッポロの大瓶《おおびん》ですけど、良いですか？」

「グラス、二つ」

充も昇も、ふうふうと息を吹きかけて冷ましながら、クリーム煮を平らげていった。

「生中継は、いつなんですか？」

「来週の月曜日です」

「すごい、楽しみ。絶対に観に行きます！」

『生歌ショッピング』の放送時間は六時から二十分ほどだから、早めに仕込みを終わらせて、入り口に「本日は六時半から営業いたします」の貼り紙をして、生放送を観に行こう。

充はクリーム煮を三分の二ほど平らげ、グラスに残ったビールを飲み干した。

「女将さん、シメにご飯ものか麺類《めんるい》、ありますか？」

「はい。おにぎり、お茶漬け、お蕎麦《そば》かうどん……」

今日はイワシの缶詰のストックが尽きていたので、冷《ひ》や汁《じる》は出来ない。

「もしよろしかったら、深川飯《ふかがわめし》でもお作りしましょうか」

充の目が期待で輝いたが、すぐに残念そうに首を振った。

「あれ、ご飯炊《た》けるまで時間かかるでしょ」

「今は深川飯は炊き込みご飯ですけど、元はさっと煮たアサリの汁かけ飯なんですよ。アサリを煮るだけなんで、十分くらいで出来ますよ」

充はちらりと昇を見た。昇の目も期待に輝いていた。

「二人分、お願いします」

「はい、お待ちください」

「それと、ビールもう一本」

秋穂はビールの栓を抜いてカウンターに置き、冷凍庫からアサリを取り出した。

鍋《なべ》に冷凍のアサリと酒を入れ、蓋をして火にかける。アサリの殻《から》が開くまでに、生姜《しょうが》を千切り、ネギはざく切りにした。アサリの殻が開いたら身を取り出し、だし汁を加えてもう一度煮立てる。そこに剝き身と生姜、ネギを加えてさっと火を通し、薄口醬油で味を調えたら出来上がりだ。

どんぶりにご飯をよそい、アサリ汁をかける。これが昔ながらの深川飯だ。

「どうぞ。お好みで山椒《さんしょう》をかけてください」

充はレンゲで深川飯をすくい、口に運んだ。生姜の香りが鼻腔《びこう》を抜け、アサリの旨味が口に広がった。

「なんか、和風リゾットって感じですね」

昇の言葉に頷き返したが、食べるのに忙しくて生返事をする気にもなれない。昇は鼻の頭に汗を浮かべていた。きっと自分も汗を浮かべているに違いないと、充は深川飯をかきこみながら思った。

「あ〜、美味かった。ごちそうさま」

「ありがとうございました」

「月曜日、観に来てくださいね」

「はい、必ず伺います」

充は勘定を支払い、席を立った。

店を出て、充は昇と一緒にぶらぶらと路地を歩いた。

「意外だったな。あんなしょぼくれた居酒屋なのに、料理は結構美味かった」

「ミシュランの星がどうのって店じゃないですけど、子供の頃おふくろが作ってくれたみたいな料理で、和《なご》みますよね」

「近所にあったら、毎日通いそうだな」

「そうですね」

二人はルミエール商店街に入り、そのまま新小岩の駅に向かって歩いて行った。

待望の月曜日、秋穂は張り切って午後二時から仕込みを始めた。すると三時近くに、入り口の戸を叩く音がした。

「はい」

宅配便でも来たのかと思ってガラス戸の鍵を開けると、外に立っていたのは先週来た二人組の若い方、ＡＤの木村昇と、見たことのない若い男だった。まだ二十歳そこそこに見える。

「どうしたんですか？」

若い男は今にも倒れそうな感じで、昇に支えられてやっと立っている。

「女将さん、すみません、僕、どうしていいか分からなくて」

その時、若い男がずるずると膝《ひざ》から崩れ落ちた。昇と秋穂があわてて両側から支え、助け起こした。

「歌手の森永ひろしさんです。早めに現場に来てもらったんだけど、朝から熱が出てたみたいで」

昇の顔は血の気を失って、紙のように白くなっていた。

森永の額に手を当てると、かなり熱い。三十八度は軽く超えているだろう。

「とにかく、二階に上がって。取り敢えず寝かせましょう」

二人は森永を支えながら階段を上り、二階の茶の間に上がった。秋穂は長いこと使っていなかった正美の布団を引っ張り出して敷いた。

「寝かせて」

ぴしっとした、教師の頃のような声が出た。昇は弾《はじ》かれたように動き、森永を布団に横たえた。

「これ、口にくわえて」

秋穂は救急用の抽斗《ひきだし》から体温計を持ってきた。一分ほど経《た》って目盛りを見ると、三十九度二分だった。

それを見て昇は生きた心地もしないような顔になった。

「ど、どうしよう。今日の生中継、中止になっちゃったら、僕……」

どういう事態になっているのか、説明されなくても秋穂にも分かった。下っ端《したっぱ》のADは不祥事の責任を取らされるかもしれない。そしてデビューしたばかりの新人歌手は、番組に穴を開けたという悪評が仇《あだ》となり、出演依頼が激減するかもしれない。どちらにとっても、失敗は致命的なのだ。

「ちょっと待って」

秋穂はもう一度簞笥《たんす》の前に行き、抽斗から錠剤を取り出した。以前流感にかかった時、医師に処方された抗生剤の残りだった。処方薬だから効き目は市販薬の比ではない。

「まずは熱を下げましょう」

秋穂は森永に抗生剤を飲ませると、昇に言った。

「コンビニでスポーツドリンク買ってきてください」

怪訝《けげん》な顔をする昇に、もどかしい思いで説明した。

「発熱にはこまめな水分補給が必要なの。水やお茶じゃなくて、ミネラル分を含んだスポーツドリンクの方が、効果があるのよ」

「はい！」

昇はすぐさま階段を駆け下りていった。

秋穂は布団で寝ている森永に呼び掛けた。

「森永さん、上着脱ぎましょう。シワになっちゃうわ」

「……すみません」

森永は演歌歌手とは思えない、弱々しい声で応《こた》えた。

秋穂は上着を脱がせてハンガーにかけると、正美のパジャマを出してきた。

「シャツも、こっちに着替えましょう。汗になるから」

秋穂が森永の上半身にパジャマを着せて布団に寝かせた時、昇がコンビニの袋を手に戻ってきた。

「ちょっと待ってね」

秋穂は今度は吸い飲みを取り出した。救急セットの中についてきたのだが、使ったことは一度もない。やっと役に立つ時が来た。

吸い飲みにスポーツドリンクを移すと、森永の枕元に置いた。

「これ、こまめに飲んでね」

「はい」

そして昇を振り返った。

「あなたはラジオの仕事があるんでしょう。もう戻った方が良いわ」

「はい。でも……」

昇は申し訳なさそうに秋穂を見た。

「ここにいても出来ることは何もないわ。とにかく何とかして、中継が始まるまでに、この人がちゃんと歌えるようにするから、あなたは自分の仕事に戻りなさい」

「すみません。よろしくお願いします」

昇は畳に両手をつき、額を擦《こす》り付けた。

仕込みの途中だったが、急病人を一人にするわけにいかないので、秋穂は枕元に座って森永の様子を見守った。

薬が効いてきたのか、森永の額に汗が浮かび始めた。森永はズボンのポケットから取り出したハンカチで額を拭《ぬぐ》った。

秋穂は階下に下り、タオルを二本取り出した。一本は電子レンジで蒸しタオルを作り、一本は氷水に浸して冷たくした。

二階に戻り、冷たいタオルを森永の額に載せた。それから布団の中に手を入れてアンダーシャツをめくり、蒸しタオルで背中をこすった。アンダーシャツも汗で湿っていたが、少し時間が経てば乾くだろう。

森永はいつの間にか寝息を立てていた。秋穂は枕元を離れると、足音を忍ばせて階段を下りた。

そろそろ五時になろうとしていた。二階に上がって枕元に座ると、森永は布団の中で目を開けた。秋穂は体温計を取り出した。

「熱、測りましょう」

森永は小さく頷いて、体温計を口にくわえた。一分後、目盛りを見ると、熱は三十七度二分に下がっていた。微熱だが、立っていられないほどではない。

「すみません。ありがとうございました」

森永は半身を起こした。秋穂はワイシャツと上着をハンガーから外し、森永に着せかけた。

「ごはん、食べられそう？」

ADの木村昇は、森永は朝から具合が悪かったと言っていた。それなら朝から何も食べていないかもしれない。

「はい。少しなら」

「ちょっと待っててね」

秋穂は店に下りると、大急ぎで深川飯を作った。これなら喉《のど》を通りやすい。盆に深川飯のどんぶりとほうじ茶の湯呑みを載せて、二階に戻った。

「無理しないで、食べられるだけでいいから」

「ありがとうございます」

森永はゆっくり食べ始めたが、すきっ腹に深川飯が入って食欲が目覚めたのか、徐々に食べるスピードが速くなった。

「ごちそうさまでした」

森永はきれいに完食した。最初見た時より目に力が出て、顔つきもしっかりしている。見れば壁の時計は五時半を回っていた。

「僕、そろそろ会場に行きます」

「そう。がんばってね」

秋穂は抗生剤の残りを森永に手渡した。

「これ、最低三日は飲み続けてね。それと、放送が終わってまた具合が悪くなるようなら、病院に行った方が良いわ」

「はい。そうします」

秋穂は戸棚から貼り付けるカイロを取り出し、森永の背中と腹に貼った。十二月の寒空に、コートなしで外は寒い。

「上着で見えないから、大丈夫よ」

「何から何まで、すみません」

森永は目に涙を浮かべた。

「気にしないで」

秋穂は森永を見つめ、教師時代に戻ったような口調で言った。

「これから始まる六時からの二十分が、あなたの人生の正念場《しょうねんば》よ。頑張って、悔いのないように、しっかり歌ってね」

「はい！」

森永が店を出てゆくと、秋穂も入り口に「本日は六時半から営業いたします」と書いた紙を貼り、戸締まりをした。

夕暮れ時のルミエール商店街の中ほどに、新人女性アナウンサーと森永ひろしが並んで立った。周囲にはラジオ局の音声スタッフと、ＡＤの昇が控え、二人のやり取りを見守っている。

「森永さん、ルミエール商店街は初めてですか？」

「はい。アーケードが長くて、びっくりです」

「それにすごくにぎやかですね。いろんなお店がありますす」

二人は昭和十六年創業の手作り和菓子店「ちぐさ」の名物栗どら焼きを試食したり、鶏肉専門店「鳥松」で唐揚げをつまんだりしながら、商店街を歩いてゆく。

沿道で見ている秋穂も、二人の歩みに合わせて進んだ。

森永と女性アナウンサーはルミエール商店街の入り口を出ると、南口広場に設《しつら》えられた舞台へ近づいた。

舞台の周囲には見物客が集まっていた。あらかじめ秋穂が宣伝しておいたので、沓掛音二郎、谷岡匡《たにおかただす》、井筒巻《いづつまき》、水ノ江時彦《みずえときひこ》も見物に来ている。

「あら、可愛《かわい》い子ね。女の子みたい」

巻が言うと、音二郎が揶揄《やゆ》するように応じた。

「なんだか、細っこくて頼りねえな。あれでちゃんと声が出るのかい？」

「大丈夫よ。歌が下手《へた》だったら、演歌じゃなくてアイドルになってるから」

歌を聴いたこともないのに、秋穂は太鼓判を押した。ほんのわずかな時間を過ごしただけだが、森永は素直な良い子だと思った。成功して、大物歌手になってほしい。

女性アナウンサーが前振りを終え、曲紹介に入った。

「それでは森永ひろしさんに歌っていただきましょう。デビュー曲『恋形見《こいがたみ》』です。どうぞ！」

前奏が流れ、森永は歌い出した。細い身体のどこから出るかと思うくらい、力強い声だった。しかものびやかで艶があった。

秋穂はすっかり引き込まれ、聞き惚《ほ》れていた。音二郎たちも同じだった。

歌が終わると、聴衆は割れんばかりに喝采《かっさい》した。秋穂も夢中で拍手し、「ひろし！」と声援を送った。

森永は周囲の聴衆に向かって、何度もお辞儀をした。拍手はなかなか鳴りやまなかったが、時間が来て、中継は終了した。

聴衆の間を縫うようにして、昇が秋穂に近寄った。森永はにわかファンに取り囲まれている。

「女将さん、本当にありがとうございました！　何とお礼を申し上げて良いか、分かりません」

身体が二つに折れるくらい頭を低くして、昇が言った。語尾が少し震えている。

ファンの囲みの中から、森永も小走りに近づいてきた。

「ありがとうございました！」

森永は目を潤ませて、秋穂を見つめた。

「僕、女将さんの言葉、一生忘れません。人生の正念場。これから大事な瞬間に想い出します」

秋穂は森永と昇に微笑み返した。

「お二人とも、これからまだまだ人生長いわ。大変なこともあるだろうけど、何とかなるから、頑張ってね」

そして最後に付け加えた。

「お二人がこの先、責任ある立場になって、今日のあなた方みたいに困ってる若い人がいたら、力を貸してあげてくださいね」

秋穂は別れを告げ、米屋に引き返した。

貼り紙を剝《は》がし、鍵を開けて店に入った。仕込みの途中だったが、煮込みが出来ているし、作り置き料理も残っているので、今日一日、何とかなるだろう。

やがてその日の営業も終わり、秋穂は店を閉めて二階に上がった。

寝室に敷きっぱなしにしていた布団を片付けた。その時、畳に落ちているハンカチに気が付いた。手に取ると、見覚えのない男物だった。

あ、そうか。あの時……。

森永が額の汗を拭《ふ》いていたハンカチだ。

まさか取りに来ないわよね。届けるとしたらラジオ局かしら。ま、とにかく洗っておかないと。

秋穂は割烹着《かっぽうぎ》のポケットにハンカチを入れ、自分の布団を敷き始めた。

その日から四日過ぎた、金曜日のことだった。

開店の三十分ほど前、いつものように隣のスナック「優子《ゆうこ》」のママ、志方《しかた》優子がやってきた。

「食欲なくてさ。さっぱりしたもん食べたい」

カウンターに座るなり、肘《ひじ》をついて煙草《たばこ》を取り出した。紙の箱のままではなく、優子はいつも金（多分メッキ）の煙草入れに煙草を入れている。一本咥《くわ》えて女性用のライターで火をつけた。ライターもおしゃれなデザインの物を複数持っていて、日によって変えている。アメ横の雑貨店で買った安物だというが、秋穂はいつも感心している。

「深川飯なんか、どう？　炊き込みじゃなくて汁かけの方。お茶漬け感覚で食べられるわよ」

秋穂はおしぼりと灰皿を出しながら訊いた。

「うん。それにする」

優子は酒を飲まないので、まずお茶とお通しのシジミの醤油漬けを出した。続いて大根の甘酢漬け、春菊《しゅんぎく》の梅おろし和えの小鉢《こばち》を出す。

「どっちもさっぱりしてるわよ」

さっと茹でた春菊と大根おろし、叩いた梅干しをめんつゆで和えた小鉢は、春菊のほのかな苦みと大根おろしのさっぱり感、梅干しの酸味がめんつゆで調和して、食欲がなくても食べられる。

「おいしい。こういう粋《いき》な料理に酒がないのは寂しいね。お銚子《ちょうし》を一本置いとけば絵になるのに」

優子は春菊をつまんでほうじ茶を飲んだ。

不意にガラス戸が開いて、若い男性が入ってきた。まだ開店前だ。優子は露骨に眉《まゆ》をひそめ、秋穂も「すみません。まだ開店前なんですが」と言おうとしたが、敢えて口をつぐんだ。

青年は何か衝撃を受けたらしく、見るからに動揺し、憔悴《しょうすい》していた。とても追い返すには忍びない。

「どうぞ、お好きなお席に」

高井真《たかいまこと》は目の前の椅子《いす》に、倒れ込むように座り込んだ。そのままカウンターに肘をつき、両手で頭を抱えた。

ああ、もうだめだ。何もかもお終《しま》いだ……。

一時間前から繰り返しているセリフが、またしてもリフレインのように甦《よみがえ》った。

「お飲み物は何がよろしいですか？」

遠くで女将の声が聞こえたが、返事をする気力さえなかった。そもそもどうしてこの店に入ってしまったのだろう。まったく知らない初めての店で、これまで新小岩に来たことさえないというのに。

ああ、だからあんなことに……。

自分の失態を思い出すと、後悔と恥ずかしさで胸をかきむしりたくなった。

秋穂は真の様子を見て、湯呑みにほうじ茶を注いで出した。酒を飲む元気もないらしい。

優子はちらりと真を見てから秋穂に顔を向け、渋い表情で首を振った。ほっとけという意味だろう。

秋穂は深川飯のアサリ汁を作りながら、優子に言った。

「お宅の店、有線入ってるでしょ」

「うん」

「森永ひろしの『恋形見』リクエスト出してよ」

その瞬間、カウンターに突っ伏している真の肩がピクリと動いたが、秋穂は気が付かなかった。

「誰、それ？」

「ほら、月曜にラジオが商店街で生中継やったでしょ。そこに出た新人演歌歌手。南口広場で歌ったんだけど、すごく良かった」

煮立った鍋から、出汁《だし》の匂《にお》いがふわりと立ち上った。

「すっかりファンになっちゃった。デビューシングル買ったのよ。貸してあげる」

優子は眉をひそめた。

「いいわよ、演歌好きじゃないもの」

「音楽はジャンル関係ないから。聴けばきっとファンになる」

秋穂は深川飯のどんぶりを優子の前に置いた。生姜の香りが鼻先をくすぐって、食欲をそそられる。

「分かった、リクエストしとく。『恋形見』ね」

優子はレンゲを手に、汁かけご飯をすくった。

「あのう……」

秋穂と優子は同時に声のする方を見た。真はカウンターに伏せていた上半身を起こし、二人を凝視していた。

「森永ひろしはこの商店街で歌ったんですか？」

「そうですよ。歌ったのは南口広場で、商店街はアナウンサーとレポートしただけだけど」

「それ、いつですか？」

「今週の月曜日。『淡谷研二の夕焼けサンクス』ってラジオ番組、知ってる？」

「はい。有名なご長寿番組ですから」

秋穂は一瞬「？」と思った。まだ番組が始まって二～三年だったはずだが。しかし、かまわず話を続けた。

「そこに『生歌ショッピング』ってコーナーがあるでしょ。毎週歌手が商店街に出かけて行って、アナウンサーと商店のレポートして、最後に生歌披露《ひろう》するやつ。そこに出たのよ」

真は信じられない気持ちで、秋穂を見返した。天下の森永ひろしが、そんな安い営業をしていたなんて。

真が驚いているのを見ると、秋穂はさらに調子に乗って付け加えた。

「私、ホントは宮本大也の大ファンなの。『突撃、あの時の現場』最高！　すごい芸人よね。私、大ちゃんのおかげで『利《き》き佐分利』出来るようになったわ。物まね聞いて、どの映画の佐分利信か当てるやつ。結構成功率高いのよ。でも、これからは森永ひろしも応援するわ」

真はまたしても言葉を失い、まじまじと秋穂の顔を眺めた。宮本大也は芸人ではなく、日本が誇る世界的映画監督だ。海外の映画祭で何回も受賞している。このおばさん、何を言ってるんだろう？

呆《あき》れ返った途端、まるで憑《つ》き物が落ちるように、それまで全身にのしかかっていた重しが取れて、身体も心も軽くなった。

くよくよ悩んだって何も解決しない。何か良い方法を見つけるんだ。それしかない！

心が決まると、急に腹が減ってきた。大騒動が持ち上がって、昼から何も食べていないのだ。

「あの、何かご飯ものないですか？」

「ありますよ。おにぎり、お茶漬け、あとは麵類とか」

真は優子の方を振り向いた。

「あれは何ですか？」

「深川飯。普通はアサリの炊き込みご飯だけど、あれはアサリの汁をご飯にぶっかけた奴。本当はこっちが原型なのよ」

「それ、ください」

出汁の匂いと生姜の香りが鼻に残っている。とても美味しそうだ。

「ちょっと待ってね」

秋穂はおしのぎに、作り置きしておいた春菊の梅おろし和えと、モヤシとかいわれの鯖蒸しを出した。

「食べてる間に出来ますからね」

秋穂が深川飯に取り掛かると、優子が食後の煙草を取り出して、火をつけた。

「ところでお兄さん、すごく落ち込んでたけど、何かあったの？」

優子はさりげなく尋ねた。

「上司に頼まれた買い物を、間違えちゃったんです」

優子は「なんだ、そんなこと」と言いたげな顔をしたが、真にとっては「そんなこと」では済まされない問題だった。

「『ちぐさで栗どら焼きを買ってきてくれ』って言われたんです。原宿《はらじゅく》に『千草』っていう和菓子屋があって、そこの栗どら焼き、メディアに取り上げられて有名なんです。だからてっきりその店だと思ったら……」

「もしかして、ここの商店街のちぐさ？」

真は肩を落としてうなだれた。

「あわててこちらに買いに来ました。そしたら、今日は臨時休業になってて……。僕、もう、先生に顔向けできません。今までもドジばかりで迷惑かけてたんです。出て行けって怒鳴られました。きっと、今度という今度は、堪忍袋《かんにんぶくろ》の緒《お》が切れたんです」

真は大きく溜息《ためいき》を吐《つ》いた。

「でも、僕は先生の下で勉強したいんです。だから、何とか許してもらえる方法はないか、探すつもりです」

「伊勢屋《いせや》の豆大福じゃ、ダメかしら？」

秋穂は優子に尋ねた。伊勢屋は昭和三十年創業の、地元で愛されている大衆的な和菓子屋だ。ルミエール商店街から一本外れた新小岩松島通りに店を構えている。豆大福は一番人気の菓子だ。

「あそこは五時閉店だから、もう閉まってる。それに豆大福はどうせ、早めに売り切れよ」

「そっか。困ったな」

アサリ汁が出来上がった。秋穂はどんぶりにご飯をよそい、汁をたっぷりかけた。

「熱いのでお気を付けて。好みで山椒をどうぞ」

真は火傷《やけど》しないようにふうふう吹きながら、レンゲで汁かけ飯をよそい、口に運んだ。

思っていた通り、アサリの旨味たっぷりの汁だった。飯と絡《から》むと微妙な甘みが生まれ、生姜の香りが鼻に抜ける。いくらでも食べられそうだ。

「ああ、ごちそうさまでした」

真はぺろりと完食してレンゲを置いた。空腹が満たされると勇気が湧いてきた。具体的な方法は何一つ思い浮かばないが、とにかく探そうと思った。

真は勘定を払うと、置き土産《みやげ》のようなつもりで口にした。

「僕、高井真と言います。森永ひろしの弟子です」

秋穂はびっくりして真を見直した。デビューしたての新人が、もう弟子を取ったのか。しかし、そうと聞いたからには……。

「あの、ちょっと待ってて」

あわてて二階に駆け上がり、封筒を手に戻ってきた。

「これ、森永さんに返して。月曜にうちに来た時、忘れてったの。ハンカチ。洗濯してあるから」

真は封筒を受け取った。月曜に森永がこの店に来るなどありえなかったが、女将が嘘《うそ》をついているようにも見えない。

「分かりました。必ずお渡しします」

店を出てゆく真の後ろ姿を、秋穂はカウンターの中から見送った。

森永ひろしは洗足《せんぞく》に屋敷を構えていた。特別豪邸を建てたいわけではなかったが、住み込みの内弟子三人と家族が四人いるので、どうしてもある程度の広さは必要だった。居住空間だけでなく、防音完備の練習室とスタジオも併設されている。

森永は一人でスタジオにこもり、イライラと歩き回っていた。自己嫌悪でやりきれない思いだった。どうして下っ端の弟子にあんなに声を荒らげてしまったのだろう。普段なら注意するだけで終わっていたのに。

たまたま虫の居所が悪かったのだ。仕事上のトラブルや行き違いが重なって、近頃は心が乱れている。それにしても、菓子屋を間違えたぐらいで激昂《げきこう》するとは、自制心がなさすぎる。もしかして老いの兆候だろうか？

ドアにノックの音がして、細目に開いた。一番年長の弟子が、遠慮がちに顔を覗かせている。

「あのう、先生、真が戻りました」

「そうか」

内心ホッとしたが、わざとそっけなく返事した。

「実は、先生の忘れ物を言付《ことづ》かってきたと言ってるんですが」

「忘れ物？」

「ハンカチです。前に居酒屋に忘れていかれたとか」

心当たりはなかったが、とにかく真に言葉をかけなくてはならないだろう。

「通せ」

一番弟子に続いて、真が恐縮しきった様子で入ってきた。

「先生、今日は本当に申し訳……」

森永は片手を突き出して、後に続く言い訳を止めた。

「忘れ物を預かってきたとか聞いたが」

「こちらです」

真は封筒を差し出した。森永は受け取って中を改めた。男物の、ブランド品のハンカチだった。

ハッと記憶が甦った。デビューシングルのリリースを記念して、無理して買ったブランド物だ。クリスマス限定デザインで、あの年しか売らなかったはず……!?

「これを、何処で？」

「新小岩の、米屋という居酒屋の女将さんが」

驚愕《きょうがく》のあまり、森永は自分の顔が強張《こわば》って固まるのを感じた。


会議室を出たところで、木村昇のスマートフォンが鳴った。取り出して画面を見ると、森永ひろしだった。

「ああ、森永さん、ご無沙汰《ぶさた》です」

「昇さん、今、何処だ？」

スマートフォンから流れる森永の声は、いつになく興奮気味だった。

「会社です。会議が長引いちゃって。これから帰るところです」

昇は局で常務取締役に昇進していた。次期社長の座が確実視されている。

「今、車でそっちに向かってるところなんだ。悪いけど一緒に来てくれないか？」

「どうしたんです？」

「うちの真が、米屋の女将さんに会ったたって言うんだよ」

「えっ！　お元気だったんですか」

「それが、話がどうもおかしいんだ。だから、一緒に来てくれないか」

「分かりました。正面玄関にいます」

真は通話を切り、スマートフォンをポケットにしまった。


ルミエール商店街の中ほどを右へ曲がり、最初の角で左へ折れた、その路地沿いに米屋はあった。来たときは無我夢中だったが、帰るときは冷静だった。だから道はちゃんと覚えている。間違えるはずはないのに……。

歌謡界の重鎮とラジオ局の重役に挟《はさ》まれて、真は身の置き所のない気持ちだった。向かって左に焼き鳥屋「とり松《まつ》」、右に昭和レトロなスナック「優子」、その間に挟まれてしょぼんと建っていたはずの「米屋」がない。今、目の前にあるのは、シャッターの下りた「さくら整骨院」という治療院だった。

真は左右を見回し、思い切ってスナックのドアを押した。店の中はカウンターに中年の客が三人、奥にママらしき女性がいた。

その顔には見覚えがあった。着ている服は違うが、米屋にいた女性客に違いない。

「ママさん、米屋がないんです！　どうしたんですか？」

思わず大声で叫ぶと、ママは手にしたグラスをカウンターに置いた。手の震えを伝えて、カチカチと細かな音がした。

「ママさんもさっき、米屋にいましたよね？　深川飯食べて、タバコ吸ってたでしょ。どうして米屋がないんですか？」

ママは大きく深呼吸すると、肩を怒《いか》らせて三人を睨《にら》んだ。

「お客さん、それはうちの母ですよ。もう十年も前に亡くなりました。それから私がこの店を引き継いだんです。米屋さんもとっくになくなりました。平成に入って二、三年頃だそうです。女将さんが急死して」

真は言葉を失い、ただ大きく目を見開いた。

「詳しいことを訊きたかったらとり松さんに行ってください。年寄りの客が四人くらいいるはずだから。その人たちなら、米屋さんのことも、女将さんのこともよく知っています」

先に衝撃から立ち直ったのは年長の二人だった。呆然《ぼうぜん》としている真の肩を軽く叩き、引き揚げるように促した。

三人はとり松の前に立った。今度は昇が引き戸を開けた。

店の中はカウンターとテーブル席が二つ、七十代後半の店主が団扇《うちわ》を使いながら焼き鳥の串を焼き、同年代の女将さんが生ビールをジョッキに注いでいた。

「すみません、ちょっと伺います」

真に代わって、昇が声をかけた。カウンターには四人の男女が座っていた。背中の感じで高齢者だと分かる。

「実は彼が、ほんの二時間くらい前に米屋にいたというんですが、今、そんな店はないんです。どなたか、米屋がどこに消えたか、ご存じないですか?」

四人の客が一斉《いっせい》に振り返った。その中の一番年長らしい、頭のきれいに禿《は》げ上がった老人そっくりな人に、昇は一度会っているのだが、そんな記憶はとっくに失《な》くしていた。

一同を代表して、音二郎の息子の直太朗《なおたろう》が言った。

「米屋はとっくの昔になくなりましたよ。もう三十年以上前かな。女将の秋ちゃんが急死して。跡継ぎがなかったんで店は人手に渡って、今の整骨院で五代目くらいですよ」

「お兄さん、秋ちゃんに会ったんですか?」

髪を薄紫色に染めた、井筒小巻《こまき》が真に訊いた。

「はい。とても親切にしてもらいました」

「そう。良かったね。秋ちゃんは元は学校の先生でね。親切で面倒見の良い人だったから、あの世に行っても困ってる人を見ると、放っておけないみたいで」

山羊《やぎ》のような顎髭《あごひげ》を生《は》やした谷岡資《たすく》が後を続けた。

「どういうわけか最近、米屋に行って秋ちゃんに助けられたっていう人が、訪ねてくるんですよ。不思議な話です」

釣り師の着るポケットの沢山ついたベストを着た水ノ江太蔵《たいぞう》が、諭《さと》すように言った。

「もし、秋ちゃんに助けられたんなら、時々思い出してあげてくださいよ。あの人は子供がいなかったから、私らがあの世に行ったら、誰も思い出さなくなってしまうからね。多分、この世から忘れられた時が、ホントの臨終ですよ」

その時、ブランド物のハンカチを顔に押し当てて、森永が嗚咽《おえつ》した。

「……先生」

大先生が急に泣き出したので、真は狼狽してしまった。困り切って昇の顔を見上げると、黙って首を振った。泣かせてやりなさい、とその眼が言っていた。

「私が今日《こんにち》あるのは女将さんのおかげなのに、忙しさにかまけてお訪ねすることもなく、三十年以上経ってしまった。私は本当に、なんていう恩知らずな……」

昇が森永の肩に手を置いた。

「私だっておんなじです。女将さんの機転がなかったら、あの日の中継は台無しになっていました。それなのに、喉元過ぎればで、けろりと忘れて今日まで来てしまいました」

「秋ちゃんはそんなこと、気にしませんよ」

直太朗はきっぱりと言った。

「そうそう。今日は皆さんお揃《そろ》いで訪ねてきてくれた。そっちの方を喜んでますよ」

資が三人を慰めるように言った。

「皆さん、元気で長生きしてください。こんな年寄りにそう言われても困るかもしれないけどね」

太蔵が少しおどけて言った。

すると、小巻が初めて気が付いたように目を凝らした。

「あの、そっちの方、もしかして森永ひろし？」

その夜、焼き鳥屋「とり松」からは、和気《わき》藹々《あいあい》とした歌声と笑い声がいつまでも響いていた。

第三話

レンチン囃子

拍子木《ひょうしぎ》が鳴り、幕が開いた。客席から拍手が沸き起こる。

華やかな舞台に豪華な衣装をまとった役者たちが登場し、劇が進行してゆく。花道から舞台へと役者が駆け抜けると、拍子木を打ち鳴らした効果音が続き、緊迫感を盛り上げる。

音楽も始まった。太鼓《たいこ》と鼓《つづみ》、三味線《しゃみせん》の音、そして三人の歌い手の声が朗々と響いた。秋穂《あきほ》は長唄《ながうた》と清元《きよもと》の違いも分からないが、ジャンルを問わず、良い声には聞き惚《ほ》れた。

歌舞伎座《かぶきざ》の正月公演を観に来られるなんて、滅多にある機会ではない。友人が夫婦でチケットを予約していたのだが、一昨日二人とも食中毒で救急搬送され、秋穂に「代わりに行ってくれないか」と連絡があったのだ。

特別歌舞伎ファンではなかったが、冬休みでもあり、せっかくの機会なので、正美《まさよし》と二人で出かけることにした。

結果は大満足だ。来て良かった。舞台も良いし、歌舞伎座の雰囲気も良い。さすがは日本の伝統文化だ。

「ね、あなた」

秋穂は声には出さず、心の中で隣の正美に振り向いて語りかけた。

「⁉」

すると、何という事だろう。正美は椅子《いす》にもたれて舟をこいでいるではないか。

まったく、もう！

秋穂は右足で正美の左の脛《すね》を蹴った。それで夢から覚めたらしい。正美は目をかっと見開き……。

「うわあ！」

素《す》っ頓狂《とんきょう》な叫び声を上げた。たちまち、周囲の観客の顰蹙《ひんしゅく》を買い、糾弾《きゅうだん》する視線を浴びせられた。秋穂は正美と一緒に小さくなり、肩をすぼめて頭を下げる羽目になった。

「まったく、何よ、急に」

幕間《まくあい》にロビーに出てから問い詰めると、正美は申し訳なさそうに答えた。

「ごめん。ジョーズに足を食いちぎられる夢見てて……」

暮れに二人で観た映画だ。確かにショッキングだった。秋穂も思い出すと怖くなる。

「しょうがないわねえ。それにしても、よくあんな賑《にぎ》やかな所で眠れるわね」

「悪い、悪い。なんだか音楽聞いてるうちに気持ち良くなっちゃってさ」

しょうがないわねえと、秋穂はもう一度心の中で呟《つぶや》いた。そして次の瞬間頭に浮かんだのは……。

「ねえ、お夕飯はナイルレストランで、名物チキンカレー食べない？」

そこでハッと目が覚めた。

顔を上げるとそこは見慣れた茶の間で、歌舞伎座ではなかった。炬燵《こたつ》に入ってのんびりしているうちに、いつの間にかうたた寝をしていたらしい。

壁の時計は四時半になろうとしていた。下に降りて開店の準備を始めなくてはならない。

秋穂は炬燵から出て、仏壇の前に座った。いつものように蠟燭《ろうそく》を灯《とも》し、線香に火を移して香炉《こうろ》に立てた。おりんを鳴らして両手を合わせ、そっと目を閉じた。

あなた、歌舞伎座に行ったときの夢を見たわ。ほら、途中で居眠りしちゃったときの。帰りに食べたナイルレストランのチキンカレー、美味《おい》しかったわね。給仕のお兄さんがいきなりご飯とカレーを混ぜて、チャーハン状態にしたのは驚いたけど……。

秋穂は目を開け、合わせていた手を離し、蠟燭の炎を消した。

「それじゃ、行ってきます」

小さく言って仏壇を離れ、店に続く階段を下りた。

東京都葛飾区《かつしか》の最南端に位置する鉄道駅JR新小岩《しんこいわ》駅は、中央・総武《そうぶ》線各駅停車と総武線快速の停車駅で、一日の乗降客は十二万人を超える。この数は全国の駅の中で六十位前後に相当するが、これは東京では日本橋《にほんばし》、蒲田《かまた》、西日暮里《にしにっぽり》、飯田橋《いいだばし》等の駅の乗降客数に匹敵する。

東京の東の外れにあるものの、新小岩は存在感を示しているのだ。通勤通学時間帯の駅周辺は、いつも大勢の人で混雑する。再開発計画も進んでいるらしいので、下町の活力は、これからますます旺盛になることだろう。

そんな新小岩を代表する一角が、南口に広がるルミエール商店街だ。昭和三十四（一九五九）年に完成した、全長四百二十メートルのアーケード商店街は、今も活気がみなぎっている。

もっと古い、あるいはもっと長い商店街はいくつもあるだろうが、テナントが出て行くとすぐに次のテナントで埋まり、シャッターを閉めたままの店がほとんどない商店街は、今時希少だ。ルミエール商店街こそ、その希少品種の代表と言えるだろう。

そんなルミエール商店街から一本外れた路地の一角に、「米屋《よねや》」はある。何処《どこ》にでもある、小さな目立たない居酒屋だ。場所柄、誰も米屋《こめや》と間違えたりはしない。

素人《しろうと》の女将《おかみ》がワンオペで営んでいる店だから、料理がどうのこうのと論評するのは野暮だろう。しかし、努力の甲斐《かい》あって、近頃はそれなりにしゃれたものを出すという評判だ。

そのせいだろうか、時々、場末の居酒屋には似合わないお客が、ふらりと訪れたりする。どうしてふらりと米屋に入ってしまったか、それは本人にもよく分からないらしい。

ともあれ、今夜もそんな珍しいお客が、ふらりと米屋を訪れるかもしれない……。


「こんばんは」

ガラス戸が開き、井筒巻《いづつまき》が入ってきた。本日の米屋の口開けのお客だ。

「いらっしゃい」

米田《よねだ》秋穂は笑顔で迎えた。巻がカウンターに腰かけるとおしぼりを手渡し、ぬる燗《かん》を準備した。巻は「とりあえずビール」なしで、最初から日本酒を飲む。

「昨日、お客さんに誘われてさ、歌舞伎座の楽《ラク》に行ってきたよ」

道理で昨日は店に顔を出さなかった。

「それは良かったわね。新春歌舞伎の千秋楽なんて、チケット取るのも大変そう」

秋穂はお通しのシジミの醤油漬《しょうゆづ》けを出した。

「それがねえ」

巻は浮かない顔で答え、シジミの身を吸った。

「歌舞伎なんて、もう二十年近く観てないけど、どうもあたしの若い頃とは違ってて」

「へえ、そうなの」

秋穂は燗のついた徳利《とっくり》と猪口《ちょこ》を巻の前に置いた。

「お客も若い人が多くてね。いつの間に若い子が歌舞伎なんか観るようになったんだろう」

「『ぴあ』が歌舞伎の特集を載せるようになったからじゃない？　あれで初めて歌舞伎に興味持った若い人、多いと思うわ」

「ぴあ」はインターネットが生まれる前、あらゆるジャンルのチケット情報を掲載していた貴重な雑誌だった。一九八〇年代後半から歌舞伎の歴史・決まり事・演目などの豆知識を連載し、一九九一年には『歌舞伎ワンダーランド』というムック本を発売した。

「だろうね。子供の頃から観たり聞いたりしてたんじゃなくて、本で知った歌舞伎なんだ」

巻は徳利を傾けて猪口を満たした。

「あたしはそれほどじゃないけど、うちの母親や伯母たちは歌舞伎の話になると、全幕、口立《くちだ》てでセリフの応酬をしてたねえ。子供の頃から観てたから、みんな頭に入ってたんだろう」

秋穂はしめじの梅ポン和《あ》えとブロッコリーのシーザーサラダを出した。これはレンチンしたブロッコリーを、すり下ろしニンニクを混ぜたマヨネーズで和え、粉チーズと粗《あら》びき黒胡椒《くろこしょう》を振っただけの簡単サラダだが、食べると美味《うま》い。

一月中はお客さんもお節《せち》料理に飽きているはずなので、なるべく醬油と砂糖で甘じょっぱく味付けしたつまみは出さないようにしている。

「ああ、さっぱりして、酒が進む味だ」

巻は梅ポン和えを口に入れて頷《うなず》いた。

「誘ってくれたお客さんは歌舞伎通《つう》でね、月に何度も観に行くそうだ。その人に言わせると、近頃は若いお客さんに合わせて、分かりやすくて短い演目ばかりかかると。いつ行っても『勧進帳《かんじんちょう》』『白浪五人男《しらなみごにんおとこ》』『寺子屋《てらこや》』だって」

巻はブロッコリーをつまんだ。

「これも美味いね。こってりも良いもんだ」

「坂東玉三郎《ばんどうたまさぶろう》と片岡孝夫《かたおかたかお》のコンビが、超人気よね」

「それでも近頃の役者は、口跡《こうせき》が良くないよ。先代の……」

言いかけて、巻は苦笑を漏らした。

「ま、『團菊《だんぎく》ジジイ』みたいなこた、言わぬが花さ」

「團菊爺」とは、明治に活躍した九代目市川團十郎《いちかわだんじゅうろう》・五代目尾上菊五郎《おのえきくごろう》こそが最高の役者である、今の役者は彼らに遠く及ばないとして批判する老人を言う。そこには「本物」の舞台を観ることの叶《かな》わなかった、若い世代に対する優越感が潜んでいる……と、若い世代から反感を買っている。

「おばさん、煮込み食べる？　それとも銀だらでも煮ようか？」

「……そうさねえ」

「目先の変わったもんなら、牡蠣《かき》の中華風コンフィなんてどう？」

「なんだい、そりゃ？」

「牡蠣に中華風のソースかけて、レンチンするの。プリプリ食感で、美味しいわよ」

「じゃあ、それにするよ。牡蠣と言えば日頃はフライ、土手鍋《どてなべ》、牡蠣酢くらいなもんだから」

巻は徳利をつまんで振った。

「それに合わせて、もう一本ね」

「はい」

牡蠣のコンフィはレンチン料理の神髄だ。洗って水気を拭《ふ》き取った牡蠣とおろし生姜《しようが》、オイスターソース、醬油、ゴマ油をポリ袋に入れたら、水を張った耐熱ボウルに沈め、そのまま電子レンジで八分加熱する。ポリ袋の上から冷水を注いで冷まし、熱が入りすぎないようにするのがポイントだ。こうすると牡蠣のプリプリの食感が損なわれない。牡蠣は洋風も和風も美味いが、中華風の味付けもよく合うのだ。

「へえ、こりゃあ洒落《しやれ》てるねえ」

皿の上の牡蠣は身が張ってムチムチしていた。醬油と生姜とゴマ油の香りが一つに溶け合い、食欲をそそる。秋穂は仕上げに糸唐辛子《いとうがらし》をトッピングした。

巻は牡蠣を一口齧《かじ》り、ぬる燗で後を追った。

「うん、酒にもよく合うこと」

そこへ、新しいお客さんが入ってきた。古書店の隠居谷岡匡《たにおかただす》と、釣具店の主人水ノ江《みずえ》時彦《ときひこ》。どちらも米屋開店以来のご常連だ。

「いらっしゃい」

二人はカウンターに腰を下ろすと、秋穂と巻に挨拶《あいさつ》を返し、ホッピーを注文した。

「お巻さん、珍しいもん食ってるな」

「牡蠣の中華風煮物。秋ちゃんの新作。美味しいわよ」

「じゃあ、俺もそれ」

「俺も」

二人はおしぼりで手を拭き、ついでに顔も拭いた。

「今日、珍しい客が来たよ」

匡が誰にともなく言った。

「大学生で、これから飲み会なんだが、金が足りない。それで本を買ってくれってんだ」

「質屋と間違えてんのかね」

「かもな」

匡はキンミヤ焼酎《しょうちゅう》の入ったジョッキにホッピーを注いだ。

「古本屋は買取も仕事だからな。その学生だって、それほど見当違いとは言えないさ。持ち込んだ本も最近のベストセラーの上下巻だったし」

匡と時彦は軽く乾杯し、ジョッキを傾けた。

秋穂はお通しのシジミの醤油漬け、続いてしめじの梅ポン和えとブロッコリーのシーザーサラダを出した。

「どうぞ。野菜の補給に」

巻はぬる燗をなめるように飲みながら、左手の薬指にはめたダイヤの指輪を眺めた。離婚した夫のくれたエンゲージリングだという。

「あたしも昔、旅先で財布落として、この指輪を質屋に持ち込んだことがあるわ」

米屋のご常連はその話は何度も聞かされているが、誰もそんなことは指摘しない。

「俺は新婚旅行で宿代が足りなくて、持ってった本を古本屋に売って急場をしのいだ」

「匡さん、新婚旅行に本なんか持ってったのか?」

時彦が呆《あき》れたような声で言うと、匡も言い返した。

「お前さんだって、新婚旅行に釣り竿《ざお》持ってっただろう」

「そりゃ仕方ないさ。福岡《ふくおか》は玄海灘《げんかいなだ》、周防灘《すおうなだ》、有明海《ありあけかい》に囲まれて、釣り好きにはたまんないよ。須崎埠頭《すざきふとう》で釣ったら甲イカが大漁でさ、二人して一生分イカ食ったよ」

時彦はそこで溜息《ためいき》を吐《つ》いた。

「ああ、死ぬまでにもう一遍、あの透き通ったイカの刺身喰いてえ」

そこへ再びガラス戸が開き、新しいお客さんが入ってきた。男性二人連れで、どちらも初めて見る顔だ。

「いらっしゃいませ。どうぞ、空《あ》いてるお席に」

二人は一番端に並んで座った。一人は中背で小太り、真面目《まじめ》で不器用という感じだった。もう一人は長身で、百八十センチ以上あるだろう。肩幅が広くて姿勢が良く、顔立ちも端正だった。小太りの方は四十代半ばくらい、長身の方は三十代半ばに見えた。

巻は長身の客をちらりと見て、左手を頬《ほお》に当てた。イケメンを見ると指輪を見せたくなるのは、もはや性癖だろう。

「お飲み物は何になさいますか？」

「ホッピーください」

小太りの方が答えると、長身の方も渋々という感じで「同じで」と告げた。

野原一颯《のはらいぶき》は桐生弦《きりゆうげん》を横目で睨《にら》んだ。その眼には露骨に非難の色が浮かんでいる。こんなしょぼくれた店に連れてきたのを一颯が不快に思っていることは、弦も承知していた。

本当は源八船頭《げんぱちせんどう》に行く予定だったが、満席で入れなかった。代わりの店を探して歩くうちに、この路地に入り込み、米屋の前に出たというわけだった。

この店にしようと思ったのは、まるで知らない店だからだ。知っている客はいないだろうし、たまたま店にいた客は一期一会《いちごいちえ》、二度と会うことはない。それならどんな話をしても、知り合いの耳に入る心配もないだろう。

場末にある、見るからにくたびれた店で、酒も肴《さかな》も期待できないが、どうせ今夜は酒の不味《まず》くなる話になるだろうから、美味いものを食べる必要はない。

弦はそんなことを考えながらキンミヤ焼酎の入ったジョッキにホッピーを注いだ。

「この店、知ってるの？」

一颯の問いに、弦は首を振った。

「学生時代に新小岩のコンビニでバイトしてたんだ。だから源八船頭は何度も行ったことある」

源八船頭は八丈島《はちじょうじま》料理を出す居酒屋で、小岩《こいわ》にも店がある。地元の人気店で、いつもお客で賑わっている。

「もうちっとましなとこでも良かったのに」

一颯が口の中で呟くのを、弦は聞こえないふりで、お通しのシジミの醤油漬けをつまんだ。

「？」

意外にも美味かった。続けて二つ、三つと口に入れた。すると忘れていた食欲が湧いてきた。弦はメニュー……というよりお品書きを手に取った。同時に、店内にべたべたと貼られている魚拓が目に留まった。

秋穂は先回りして説明した。

「すみませんね、お客さん。あれは亡くなった主人の趣味で、うち、海鮮はやってないんですよ」

「ああ、そうですか」

カウンターから湯気を立てている鍋が見えた。居酒屋の定番料理、モツ煮込みだ。これはどの店で食べてもほとんど外れがない。

「じゃあ、しめじの梅ポン和えと、ブロッコリーのシーザーサラダ、それとモツ煮込みください」

一颯がシジミをつまんでから言った。

「モツ、ダメなんだけど、なんか肉料理ない？」

「雲白肉《ウンパイロウ》なんか、如何《いかが》ですか？」

一颯も弦も怪訝《けげん》な顔をした。

「蒸し豚にピリ辛風味のタレをかけた四川《しせん》料理です。うちは蒸し器じゃなくてレンチンで作るんですけど」

一颯と弦は同時に言った。

「それ、ください」

秋穂はしめじの梅ポン和えを出して付け加えた。

「お時間、三十分ほどかかります。その間に、よろしかったら牡蠣の中華風コンフィなんか如何ですか。ちょうど今から作るところなんで」

「いただきます」

一颯はしめじを口に入れて答えた。隣では弦がモツ煮込みを食べていた。

「おいしいですね、これ」

「ありがとうございます。何度も下茹《したゆ》でしてあるんで、臭みがないでしょう。煮汁は二十年注《つ》ぎ足したヴィンテージものです」

秋穂はにっこり笑って、いつもの説明を繰り返した。

一颯はブロッコリーのシーザーサラダを口に入れた。シジミもしめじも美味かったが、このサラダも良い味だった。何がどうという料理ではないが、素直に作った家庭の味がする。気取らず飲むにはいい店かもしれない……。

一颯はホッピーのジョッキを半分ほど干した。いつの間にか当初の苛立《いらだ》ちは消えていた。人間、美味いものを食べて酒を飲むと、機嫌がよくなるのだろう。

「それで、話って？」

弦がさりげなく尋ねた。

「いや、旦那《だんな》のことだよ」

弦は黙って先を促した。

「およそのことは知ってるだろ？」

「ああ」

一颯は大きく溜息を吐いた。

「旦那は坊ちゃんが生まれてから、すっかり変わっちまった。もう俺に門跡を譲る気なんかこれっぽっちもない。それは仕方ないが、幹部に取り立てる気もないみたいだ。一生涯、初駒屋《はつこまや》の使い捨てで終わるのさ」

「そんなことは……」

それに続く「ない」を、弦は飲みこんだ。歌舞伎の世界で門閥《もんばつ》を持たない者は、出世を望めない。名題《なだい》まではともかく、大名題《おおなだい》には絶対になれない。江戸時代の末には劇場の火縄《ひなわ》売りから役者になり、大名題に出世した名優・四世市川小團次《こだんじ》がいたが、あれは奇跡であって、二度目はない。

「養成所を受けるとき、役者を選んだのが運の尽きだったな。文楽《ぶんらく》を選んでりゃ、人間国宝にだってなれたかもしれない」

「だけど、一颯は役者として舞台に立ちたかったんだろ」

「その通り。上手《うま》くやれる自信はあった。実際、坊ちゃんが生まれるまでは上手くやってた」

一颯はジョッキのホッピーを飲み干した。

「中身、お代わり」

「はい」

秋穂はジョッキを受け取るとキンミヤ焼酎を注ぎ足した。続いて加熱の終わった牡蠣のコンフィを皿に盛り、糸唐辛子をトッピングした。

「お待たせしました」

匡と時彦、そして弦と一颯の前に皿を置いた。

「こいつは良い感じだ」

早速箸《はし》を伸ばした四人は、牡蠣をつまむと顔をほころばせた。濃厚な海のミルクが、中華の調味料と溶け合って、口の中を満たしてゆく……。

「牡蠣はホントに、和洋中、何でもいけるね」

「秋ちゃん、俺、ぬる燗もらうわ」

「俺も」

時彦が注文すると、匡も続いた。

「秋ちゃん、シメは何かお勧めある?」

「台湾《タイワン》風の和えそばがあるけど、おばさんには重いわね。おにぎり、お茶漬け、それと鯛《たい》の湯漬けもできるわよ」

「牡蠣をいっぱい食べたから、お茶漬けにしとくわ」

「タラコと梅、どっちが良い？」

「梅」

注文を終えると、巻は一颯と弦の方を向いた。

「チラッと話が聞こえちゃったんだけど、お兄さんたち、歌舞伎の人？」

一颯と弦は黙って頷いた。明らかに迷惑そうな雰囲気だったが、巻はまるで意に介さなかった。

「あたし、昨日歌舞伎座の千秋楽に行ったのよ。もしかして、お二人の舞台も観たかもしれないわ」

弦が礼儀正しく答えた。

「それはありがとうございます。彼は役者なんで、舞台をご覧になったかもしれません。僕は鳴物《なりもの》で、黒御《くろみ》簾《す》にいたので」

鳴物とは鼓や太鼓など、三味線以外の楽器を言う。黒御簾とは舞台下手《しもて》に設《しつら》えられた御簾のことで、劇中は長唄・鳴物などの奏者はその中で演奏し、所作《しょさ》事《ごと》（舞踊）では舞台上に出て演奏することもある。舞台上の演奏は出囃子《でばやし》と呼ばれる。

「もしかして、お二人は国立《こくりつ》劇場の研修生出身？」

「そうです。よくご存じですね」

弦が答えると、巻はにっこり微笑《ほほえ》んだ。

「そりゃ分かるわよ。歌舞伎は人手不足で大変なんでしょ。あんた方みたいな若い人、研修生でないといないわよね。役者さんが全員子だくさんでもない限り」

「人材不足は役者と奏者だけじゃないんですよ。大道具、小道具、衣装、床山《とこやま》、みんな後継者不足で大変ですよ」

「そうだろうね。歌舞伎でスポット浴びるのはスター俳優だけだものね。馬の脚だっていなくちゃ芝居は成り立たないのに、あたしたち、そういう人のこと全然知らないもの」

巻がしみじみと言った。同情のこもった言葉は二人の胸に届いたらしく、一颯は素直に頷いた。

「そうなんです。歌舞伎の世界では役者の三割、鳴物の四割、長唄の二割が国立劇場の養成所出身者です。竹本《たけもと》に至っては九割が研修生出身で占められてます」

竹本とは歌舞伎で演奏される義太夫節《ぎだゆうぶし》の演奏者で、太夫《たゆう》の語りと三味線によって、登場人物の心理や情景を表現する。ちなみに令和五年四月一日現在の歌舞伎界の人員構成は役者二百九十七人、竹本三十五人、鳴物四十人、長唄四十五人となっている。

「研修生制度が始まるまでは、歌舞伎役者になるには一門に入門する以外にありませんでした。研修生制度がなかったら、役者以前に、演奏の後継者が絶えていたと思います」

日本芸術文化振興会（国立劇場）の研修生制度は一九七〇年、後継者不足に見舞われていた歌舞伎俳優の募集から始まった。志望者を公募して、短期間の研修で総合的な養成を行うシステムである。制度はその後、歌舞伎音楽（竹本、鳴物、長唄）、大衆芸能（寄席《よせ》囃子《ばやし》、太神楽《だいかぐら》）、能楽《のうがく》（三役《さんやく》）、文楽、組踊《くみおどり》（沖縄《おきなわ》舞踊）の九コースまで募集が拡大された。

研修期間は能楽が六年、長唄・太神楽・組踊が三年、それ以外は二年で修了となる。受講料は無料で、研修中は奨励費が貸与され、通学の難しい者には宿舎も提供される。さらに、就業後三年で奨励費の返済が免除される特典も設けられている。それでも志望者は年々減り続け、毎期十人が研修を受けていた俳優コースも、二〇一九年は四人、制度発足五十周年の二〇二〇年には一人になってしまった。

「でもその制度、歌舞伎や文楽をやりたい人にとっては、至れり尽くせりじゃないですか」

秋穂が言うと、巻も匡も時彦も賛同して頷いた。

「確かに、おかげで伝統文化の火は消えずに残りました。でも、歌舞伎は家柄がものをいう世界なんです」

一颯は忸怩《じくじ》たる口調になった。

「僕の母は歌舞伎ファンで、子供の頃から母に連れられて舞台を観に行きました。僕もすっかりファンになって、華やかな舞台にあこがれました。小学校に上がると、母に頼んで日本舞踊の稽古《けいこ》に通わせてもらいました」

一颯は筋が良く、稽古を重ねるうちにめきめきと腕を上げた。本人が踊りが好きになり、情熱をもって練習に励んだせいもあるだろう。やがて一颯の中には、自分も華やかな舞台に立ちたいという思いが芽生えた。

「国立劇場の研修生制度のことは知っていました。スーパー歌舞伎で活躍した市川笑也《えみや》さんも、一般家庭の生まれで養成所出身です」

実は歌舞伎界の至宝・坂東玉三郎も一般家庭の生まれで、守田勘彌《もりたかんや》の芸養子になったのが、歌舞伎人生の始まりだった。

「高校を卒業してから研修生に応募しました。募集要項は中学卒業以上、二十三歳までです。でも、本当は芸事《げいごと》は十五歳から始めたんじゃ、遅いんです。歌舞伎の家に生まれた役者さんは、みんな物心ついた時から、ずっと稽古を重ねて芸を磨いてるんですから」

しかし、一颯は数え六歳から日本舞踊の稽古を続けてきて、踊りに関してはプロの舞踊家としてやっていく自信があった。だから中学ではなく、高校を卒業してから応募することにしたのだ。

その年俳優コースに応募した少年は三十人ほどいたが、一颯の資質は群を抜いていた。既にプロ級の日本舞踊の技量を持ち、さらに百八十二センチ六十五キロという恵まれた体格、端正な容貌の持ち主だったのだ。もし歌舞伎の名門の家に生まれていたら、今頃とっくに新人スターとしてもてはやされていただろう。

当然ながら、一颯は文句なく研修生に採用された。

「それから国立劇場に通って、毎日十時から六時まで、歌舞伎役者になるための修業に明け暮れました。演技、立ち回り、とんぼ(宙返り)、化粧、衣装、日本舞踊、作法……」

歌舞伎役者は基本的に舞台化粧は自分でする。

「それ以外にも義太夫、鳴物、長唄も、さらっとですが教えてもらいました」

研修が始まって八か月経《た》つと、研修生は適性を審査され、不適格とされた者は養成所を去る。もちろん、一颯にそんな心配はなかった。

「研修を修了すると、自分が望む役者に弟子入りを志願することが出来ます。師匠の方でも研修生を選考します。野球のドラフト会議みたいなもんですね」

一颯は体格から言っても女方《おんながた》ではなく、立役《たちやく》志望だった。迷わず当代《とうだい》の立役トップクラスの一人、市村祥三郎《いちむらしょうざぶろう》に弟子入りを希望した。祥三郎も一颯の素質を見込んで、快く弟子入りを承知した。

「祥三郎旦那は本当に良い方でした。『毎日うちに夕飯を食べにおいで』と言ってくださって、食事をしながら、細かい所作や、舞台で必要なあれこれを教えてくださいました」

歌舞伎界では師匠のことを「旦那」と呼ぶ。その子息は子供の頃は「坊ちゃん」、もう少し成長すると「若旦那」と呼ばれる。だから「梨園《りえん》の御曹司《おんぞうし》」は、歌舞伎界に存在しない呼び方だ。

「弟子入りした頃、旦那は四十代後半でした。おかみさんとの間にお子さんがなくて、芸養子を迎える相談をしていたみたいです」

祥三郎にはすでに弟子が数名いたが、一颯には特に目をかけて「市村祥五《しょうご》」の芸名を与えた。一颯も師匠の期待に応《こた》えられるよう、必死に精進《しょうじん》を続けた。

「入門から三年目に、部屋子《へやご》になるように勧められました。部屋子というのは弟子以上息子未満みたいな存在です」

坂東玉三郎も守田勘彌の部屋子から芸養子に迎えられ、役者デビューを果たした。

「天にも昇る心持ちでした。自分の前にはバラ色の未来が開けていると、信じて疑いませんでした」

ところがその翌年、師匠の祥三郎の妻は検診で乳癌《にゅうがん》が発見された。手術で切除に成功したと思われたのも束の間、再発してしまう。それから抗癌剤治療に切り替え、闘病生活が始まった。

「おかみさんは三年間闘病生活を送った末に、亡くなりました。おしどり夫婦だったので、旦那の嘆きぶりは見ているのも辛《つら》いほどでした」

祥三郎はすっかり気落ちして、生きる気力さえ失ったかと思われた。看病疲れと心労で憔悴《しょうすい》した結果、一か月入院する羽目になり、生まれて初めて舞台を休んだ。

「私も兄弟子たちも、何とか元気になってほしいと努力しましたが、どうにもなりませんでした。そんな時、ご贔屓《ひいき》筋が旦那に再婚を勧めてくださったんです」

相手は大きな料亭の娘で、一度結婚したものの、夫が不倫して隠し子を作ったのが分かって離婚した。その後は母を手伝って料亭を切り回していた。年齢は三十五歳で、祥三郎とは二十歳近く年が離れていたが、子供の頃から歌舞伎に親しんでいて、祥三郎のファンだった。ご贔屓が見合いを勧めると、二つ返事で承知したという。

一方、祥三郎は再婚するつもりなどなかったが、ご贔屓の顔を立てるために見合いに応じた。

しかし、縁とは不思議なもので、二人は初対面からすっかり意気投合し、結婚へと進んだ。

「旦那は新しいおかみさんを迎えて、すっかり元気を取り戻しました。前より若返ったくらいです。みんな心から喜びました」

もちろん、一颯も心から師匠の結婚を祝福し、回復を喜んだ。ところが、思い掛けないことになった。

「おかみさんがおめでたになったんです」

祥三郎の妻は男の子を出産した。初めての実子であり、しかも歌舞伎の跡継ぎの誕生だった。祥三郎が狂喜乱舞したことは言うまでもない。

「赤ちゃんを抱いて、これで初駒屋も安泰だって、繰り返していました」

その気持ちは一颯にもよく分かった。しかし、わが子可愛《かわい》さの気持ちは、祥三郎を変えていった。

「僕の部屋子の話は、いつの間にか立ち消えになりました。それだけじゃなく、何となく、旦那との間に垣根が設けられた気がします」

気さくでざっくばらん、格式ばったことが嫌いな性格だったのが、妙に形式ばるようになった。言い換えると、市村の家門とそれ以外の人間を厳しく分け隔てし、差別化をするようになった。

「坊ちゃんが旦那の跡を継ぐのは、今更言われなくても、みんな分かっていることです。でも旦那は、事あるごとに弟子と息子は違う、祥三郎の名跡《みようせき》を継ぐのは息子だけだって、態度で示すんです。……お前たちとは身分が違うって」

祥三郎の息子は三歳になると「市村祥太《しようた》」を襲名《しゆうめい》し、歌舞伎座で舞台デビューを飾った。比較するのも虚《むな》しいが、その恵まれ方は養成所出身の俳優たちとは、雲泥《うんでい》の差だった。

同じ頃、俳優の香川照之《かがわてるゆき》が市川中車《ちゆうしや》を襲名するというニュースが流れた。香川照之は三代目市川猿之助《えんのすけ》（故二代目市川猿翁《えんおう》）の実子だが、生まれて間もなく両親が離婚したため、歌舞伎界とは無縁だった。それが、父猿翁と和解し、四十六歳でいきなり歌舞伎俳優としてデビューすることになったのだ。

そのニュースに、少なくとも養成所出身の役者たちは、反発を覚えずにはいられなかった。香川は俳優としては名優だし、三代目猿之助の実子であることも間違いない。しかし、生まれてから一度も歌舞伎の修業をしたことのない者が「中車」という、歌舞伎界では決して軽くない名跡を襲名するのは、どうにも納得し難《がた》い。養成所出身の役者たちは、歌舞伎と無縁の家に生まれたという理由だけで、どれほど実力があっても大名跡を襲名することは出来ないのに。

祥三郎の祥太への溺愛《できあい》と、弟子たちへの冷遇を体験するたびに、一颯は一連の香川のニュースを思い出さずにはいられなかった。

それでも今は耐えるしかない。祥三郎に見限られたら、歌舞伎界で生きてゆけなくなる。

「坊ちゃんが小学校に入る頃、僕は旦那に教育係を任されました。親子だと情が入ってこじれるから、先輩として芸はもとより、礼儀作法やしきたりを仕込んでほしいと頼まれました。その時は、旦那は自分を信頼してくれていたんだって、嬉《うれ》しかった」

一颯はそれまでと変わらず、献身的に祥三郎に仕え、祥太の教育に励んだ。

祥太も幼いうちは一颯の言うことを素直に聞き、稽古に励んだ。しかし中学生になると、様相が変わってきた。歌舞伎以外のことに興味が湧いて、稽古に身が入らず、時にはさぼったりした。

祥太が平気で稽古をさぼるのは、恵まれた境遇ゆえの驕《おご》りだった。必死で頑張らなくても、それなりにやっていれば、歌舞伎座の舞台で役が付くし、父の名跡は必ず継げる。しかも母親は大料亭の娘で、その伝手《つて》で大量に切符を売りさばけるから、営業の心配もしなくて済む。……中学生になれば、それくらいの計算は出来る。

昨日の千秋楽で、祥太は失態を演じた。踊りの最中に小道具を取り落としたのだった。そういう時は何事もなかったように所作を続け、タイミングを見計らってさりげなく拾えばよい。観客には落としたのではなく、最初からそういう振付《ふりつけ》になっていました、という風に見せることが大切なのだ。

小道具を落とした場面は、扱いがぎごちないので、一颯が何度もやかましく注意したところだ。それなのに祥太はきちんと稽古してマスターしていなかった。しかも、あわてて拾い上げた。それは落とすよりもっと悪いことだ。観客に醜態を見せたのだから。

一颯は舞台が終わってから、楽屋で祥太を激しく叱責《しっせき》した。

「若旦那、あなたは初駒屋一門を率いてゆく身なんですよ。こんなたるんだ気持ちで、これからやっていけると思ってるんですか？」

祥太はさすがに反省して、申し訳なさそうにうつむいた。

「私たちは祥三郎旦那のためにも、若旦那をお支えして、全力で尽くすつもりです。でも、これからの初駒屋一門の将来は、若旦那の肩にかかってるんですよ。それがこんな為体《ていたらく》で、一門を率いてゆけると思うんですか？」

言葉は丁寧《ていねい》だったが語気は荒かった。祥太は最後はぽろぽろと涙をこぼした。

すると、そこへ祥三郎が駆け込んできた。文字通り、血相を変えていた。

「祥五、お前はいったい何様だ！　研修生上がりのくせに、初駒屋の跡取りに説教するなんざ、百年早いんだよ！」

祥三郎は激昂《げきこう》して、さらに言い募った。

「ちょっとくらい踊りが上手いからってうぬぼれるな！　お前の世話物《せわもの》なんざ、大根もいいところだ！　見るに堪《た》えない！」

一颯はあまりの悪態に言葉を失っていた。「研修生上がりのくせに」という一言が胸に突き刺さっていた。祥三郎の弟子は、二人を除いてみな養成所出身だった。祥太が生まれなければ、その中の誰かに自分の名跡を継がせたはずなのに。

「祥五、手をついて祥太に謝れ！」

祥三郎は畳を指さした。

弟子たちは怯《おび》えたような眼で祥三郎と一颯を見比べ、祥太に至っては恐怖ですくみ上がっていた。自分の父親の強いる理不尽に怯えているのだ。

その様子を見て、一颯は決意した。ここを去ろうと。

一颯は静かに畳に正座すると、両手をついて頭を下げた。

「とんだ心得違いを致しました。申し訳ありませんでした」

一颯は頭を上げるとそのまま立ち上がり、あとも見ずに楽屋を出て、歌舞伎座を後にした。

「……とまあ、こんなわけです」

一颯は空《から》になったジョッキを見て「ビールください」と注文した。

一同は何とも言いようがなく、ただ同情を込めて溜息を吐いた。

「一門を抜けることについては、後悔してません。あそこに居ても飼い殺しにされるだけなのが見えてますから」

秋穂がサッポロの大瓶《おおびん》の栓を抜いて尋ねた。

「最初の方で、文楽が何とか言ってませんでした？」

「ああ、あれね」

研修生制度の文楽のコースは一九七二年に始まり、国立文楽劇場が開場した一九八四年からは、大阪で研修が行われている。

現在、文楽の技芸員の過半数は養成所出身者が占め、師匠の大きな名跡を継いだものもいる。

「文楽と関係のない家に生まれて、人間国宝になった人が何人もいるんですよ。だから一瞬、文楽を選んでいればって思ったんだけど、やっぱり僕にはできないな」

タイマーが鳴った。雲白肉の完成だ。秋穂は耐熱ボウルに入れたポリ袋を取り出した。ポリ袋に豚バラ肉の塊《かたまり》と生姜、塩、酒、砂糖を入れ、袋の上から揉《も》んで味を馴染《なじ》ませたら、ネギの青い部分を載せて水を張った耐熱ボウルに入れる。ポリ袋が浮かないように皿で重石をして、電子レンジで十五分加熱したら、そのままさらに十五分置いて肉の中まで火を通す。蒸し上がった肉を薄切りにして皿に並べ、生姜・ニンニク・長ネギのみじん切りと醤油・ラー油・豆板醤《とうばんじゃん》・酢・砂糖・花椒《かしょう》を混ぜ合わせたタレをかける。ピーラーで薄切りにしたキュウリと白髪《しらが》ネギを飾れば完璧だ。

「どうぞ」

雲白肉の皿を置くと、一颯も弦も皿の方に首を伸ばした。

「美味そう」

二人は同時に箸をつけ、雲白肉を口に入れて満足そうに目を細めた。

「このタレ、本格派だな」

「肉の食感も良いね。プルプル」

ピリ辛ダレの雲白肉とビールは、永久運動になりそうだった。

「そっちのお兄さんは、お囃子さんだっけ」

巻の問いに、弦は「はい」と答えた。

「僕は歌舞伎の音楽が好きで、奏者になれたらいいなと思ってたんですけど、歌舞伎と縁のない家に生まれたんで、諦《あきら》めてたんです。それにうちは、子供に邦楽の稽古をさせるほど金持ちじゃないし。そしたら彼が国立劇場の研修生に応募するって言うんで、初めてそんな道もあるって知ったんです」

「僕たち、高校の同級生なんですよ」

一颯が弦の方を見て言った。弦は老けて見えたが、実は二人は同い年だったのだ。

「学生時代はそんなに仲が良いってわけじゃなかったんだけど、研修生になってからは、色々と話すようになりました」

「この仕事、希少品種ですからね。同じ高校から応募するなんて、普通ないんじゃないかな」

桐生弦は歌には自信がなかったので、歌舞伎音楽の中で歌が必要な竹本と長唄は除外した。

「鳴物なら歌がないので、僕でもなんとかなるんじゃないかと思って……」

応募すると採用され、八か月後の適性審査にも合格した。

「研修を終わって、僕は滝藤《たきとう》流の滝藤伝衛門《でんえもん》先生に弟子入りしました」

弟子入りは就業と同義語で、給料がもらえた。

「研修生制度は、僕には神様のお恵みでした。講習料はただで、楽器は無料で貸してもらえるし、研修中は奨励金も支給されます。それに弟子入りして三年経つと、返済の義務がなくなるんです。僕みたいな平凡なサラリーマン家庭の子供が、太鼓や鼓を習ってプロになろうと思ったら、ものすごいお金がかかるのに」

弦はビールを一口飲んでにっこり笑った。

「時々『持ってけ、ドロボー』って、自分に突っ込んでますよ」

しかし、そう言う弦の口調は真摯《しんし》で、卑下《ひげ》するような翳《かげ》りはなかった。

「でも、洋楽をやってる人のことを考えると、内心忸怩たるものがあります。ピアノやヴァイオリンの人は、子供の頃からものすごいレッスンして、高いお金を払って有名な先生の指導を受けて、留学もして……。でも、コンクールで入賞する人はごく少数で、オーケストラの団員になれる人や、レッスン料で食べていける人も一握りしかいない」

秋穂はクラシックの演奏家の名前を思い出そうとしたが、頭に浮かぶのはほんの数人だけだった。特にクラシック好きでない限りは、似たようなものだろう。

「でも、僕はただ好きな音楽が邦楽だっただけで、無料でレッスンを受けられて、それもたった二年でプロにしてもらって、お金までもらえるようになった。邦楽が盛んだった時代なら、こんなことあり得ませんでした。だから昔の邦楽の方にも、申し訳ない気持ちです」

巻は首を振った。

「そんなこと言うもんじゃないわよ、お兄さん。鼓も長唄も清元も、習う人どんどん減ってるんだから、誰かがやらなくちゃ」

「ありがとうございます」

弦は巻に向かって小さく頭を下げた。

「僕は、自分の役目は使者だと思うことにしてるんです」

「使者？」

秋穂が訊《き》き返すと、弦は「メッセンジャーです」と言い直した。

「次の世代に『型』を伝える役目だと思っています。僕の技術は未熟で拙《つたな》いものだけど、それでも『型』の原型は残っています。『型』がなくなれば、それで成り立っている音楽も舞踊も、消えてしまいます。でも『型』さえ残っていれば、いつか邦楽界にパガニーニやホロヴィッツが現れた時、『型』を頼りに、それまでとは比べ物にならないくらい素晴らしい演奏をしてくれるはずです。僕はそう信じてるんです」

秋穂はほとんど感動していた。そういう覚悟で自分の仕事に取り組むのは、誰にでも出来ることではない。

「お客さん、立派ですよ」

弦は照れ臭そうに微笑んでから、一颯に向き直った。

「だけど、お前は俺とは違う。才能がある」

「弦にそう言われてもな」

「歌舞伎を辞めることについては反対しない。もう決心は変わらないだろうから。だけど、ここで諦めるんじゃなくて、別の道を探すべきだと思う。もったいないよ」

弦の声に熱がこもった。

「お前は舞台に立つべき人間だよ。ジャンルは歌舞伎でなくたって、良いじゃないか。歌舞伎で培った技は、どのジャンルに進んだって邪魔にはならないはずだ。むしろ、強みになるよ」

「言うだけなら簡単だよ。だけど、二十年も歌舞伎に染まって色のついた中年俳優なんか、何処が歓迎してくれる？　まして俺は梨園の名門出身じゃない、素人の研修生上がりだ」

「ねえ、お兄さん。私ももう一人のお兄さんの言う方が正しいと思うよ」

いきなり二人の話に口をはさんだのは、谷岡匡だった。

「あんたは見立《みだ》てがある。舞台映《ば》えするよ。舞台に立たないのはもったいないと思うね」

すると時彦まで口を出した。

「釣れない時は場所を変えるのが一番なんだよ」

そしてのんびりした口調で続けた。

「あんたは昨日、師匠のとこを飛び出したばっかりで、まだ頭に血が上ってる。二〜三日して冷静になってから、ゆっくり考えたらいい。きっと道は開けるから」

秋穂はカウンターから身を乗り出し、空になった牡蠣の中華風コンフィと雲白肉の皿を指さした。

「これ、どっちもレンチンで作ったんです」

一颯と弦はちょっと怪訝そうに秋穂を見返した。それはさっき、聞いたような気がする……。

「本格的に手をかける方法もあるんですよ。でも、レンチンでも結構美味しいでしょ。食べて美味しかったら、調理方法なんて関係ないと思いません？」

一颯は一瞬ハッとした。今、この女将さんにすごく大切なことを言われたような気がした。

「お二人とも、シメに何か召し上がりますか？」

一颯と弦は一度互いに顔を見合わせ、秋穂の方を見た。

「お任せします。何かお勧めのものがあったら」

弦の言葉に、秋穂は自信たっぷりに答えた。

「台湾風の和えそばは如何ですか？　本場の味を再現しますよ」

「是非、お願いします！」

「お待ちください」

本場の味を再現というのは、レシピ本の受け売りだったが、実際に本格派で美味しいのだ。

生姜と豚ひき肉とネギを炒《いた》め、醤油・砂糖・紹興酒《しょうこうしゅ》で味付けする。その具材を、茹でて水切りしてゴマ油をかけた中華麺と混ぜ合わせると、台湾風和えそばになる。

「はい、どうぞ」

二人は和えそばを一箸すすり込んだ。

「ホントだ、台湾で食べた味とそっくり！」

「簡単そうなのに、どうして美味いんだろ」

それぞれに感想を漏らし、一気にそばを完食した。

「ああ、美味かった」

「お勘定してください」

「はい、ありがとうございました」

一颯と弦は割り勘で勘定を払い、席を立った。

「どうも、お世話になりました」

「お気を付けてお帰りください」

二人は店を出て、駅に向かって歩き始めた。

一颯は「どうして生まれて初めて会った人たちに、あんな立ち入ったことを話してしまったんだろう」と訝《いぶか》った。しかし、悪い気持ちはしなかった。むしろ、話してスッキリした。

弦は「初めての店だけど、来て良かった。なんだか、背中を押されたような気がする」と思っていた。

ルミエール商店街を出ると、目の前に駅前広場が広がった。

新小岩の居酒屋へ行ってから一週間ほど経った。ズボンのポケットに入れたスマートフォンが鳴った。取り出して画面を見ると、名前が出ない。未知の人物のようだ。

「はい。野原一颯です」

応答すると、スピーカーから男の声が流れた。

「突然のお電話で申し訳ありません。私、岩倉《いわくら》と申します。このお電話番号は、市村祥三郎先生から伺いました」

「旦那から?」

つい、呼び馴れた名前を口にした。

「はい。私は劇団新派《しんぱ》の仕事をしております。市村祥五さんが一門をお辞めになったと伺って、お電話差し上げている次第です」

岩倉は丁寧に「是非一度会って話を聞いてもらいたい」と述べた。

翌日、一颯は都内のホテルで岩倉と面会した。その場には岩倉だけでなく、新派の重鎮も同席していた。

「単刀直入に申し上げます。歌舞伎俳優をお辞めになるなら、新派に移籍なさいませんか?」

新派は二代目水谷八重子《みずたにやえこ》と波乃久里子《なみのくりこ》の二枚看板女優が中心で、男優陣が弱い。そこで近年、歌舞伎界から市川月乃助《つきのすけ》と市川春猿《しゅんえん》を迎え、それぞれ二代目喜多村緑郎《きたむらろくろう》、河合《かわい》雪之丞《ゆきのじょう》を襲名させた。

「結果は上々ですが、二人はすでに五十代です。我々としては次世代を担う男優も欲しい。あなたのことは以前から注目していました」

　重鎮らしき人も口を添えた。

「新派に移籍したからと言って、歌舞伎界と完全に縁が切れるわけではありません。新派は従来、歌舞伎界の名優に客演をお願いしてきましたし、喜多村と河合も移籍後、坂東玉三郎先生の公演に招かれて、歌舞伎の舞台に立ちました」

「どうでしょう？　移籍の話を前向きに考えていただけませんか？」

　一颯は大いに心を動かされたが、安易に承諾するのははばかられた。

「お話は大変ありがたいのですが……」

　祥三郎との経緯を話すと、岩倉は切り出した。

「実は、この話は元々、市村祥三郎先生のご提案なのです」

「えっ」

　一颯が楽屋を飛び出した千秋楽の翌日、祥三郎が新派の重鎮を訪ねてきた。二人は慶《けい》應《おう》幼稚舎から大学まで同期だったが、それまで祥三郎が頼みごとをしたことは一度もない。しかし、その時の祥三郎は深々と頭を下げて言った。

「祥五を新派で預かってもらえないだろうか。あいつは華がある。主役を張れる器《うつわ》だ。しかし歌舞伎にいたのでは、絶対に主役は回ってこない。俺は師匠として責任がある。祥五に相応《ふさわ》しい場所で、大輪の花を咲かせてやりたいんだ」

聞いているうちに一颯は落涙し、こらえきれなくなって嗚咽《おえつ》を漏らした。

何もかも、無駄ではなかった。日本舞踊の稽古に励んだこと、国立劇場の研修生に応募したこと、市村祥三郎に弟子入りしたこと。そのすべてがつながって、今がある……。

一颯は嗚咽を抑え、顔を上げてハッキリと言った。

「お話、ありがたく承《うけたまわ》りました。どうぞ、よろしくお願いいたします」


「変だな」

一颯と弦は顔を見合わせた。つい一週間前に訪れたばかりだというのに、目指す店が見つからない。それほど複雑な道ではないのに、どういう事だろう。

「やっぱりない」

ルミエール商店街を中ほどで右の道に曲がり、最初の角で左に折れた、その路地沿いにあったはずなのに。向かって左が「とり松《まつ》」という焼き鳥屋、右が昭和レトロなスナック「優子《ゆうこ》」。その二軒に挟《はさ》まれてしょんぼり赤提灯《あかちょうちん》を下げていた居酒屋「米屋」がない。目の前にあるのはすでにシャッターを下ろした「さくら整骨院」という治療院だ。

二人は仕方なしにとり松の引き戸を開いた。

「いらっしゃいませ」

カウンター七席とテーブル席二つの小さな店だった。七十代後半の主人は団扇《うちわ》を使って串を焼き、同年代の女将はチューハイを作っていた。カウンターには三人の先客がいたが、背中の感じで老人と分かる。

「あのう、この近くに米屋という居酒屋があったはずなんですが」

一颯の言葉に、カウンターの客が一斉《いっせい》に振り向いた。その顔には見覚えがあった。

弦が老人たちに一歩近寄って言った。

「あの時いたお客さんですよね。ほら、一週間前に、米屋でご一緒したでしょう」

「釣れない時は場所を変えろって、言ってくれましたよね」

釣り師の着る、ポケットの沢山ついたベストを着た水ノ江太蔵《たいぞう》は、申し訳なさそうに首を振った。

「お客さん、それは俺じゃなくて、俺の親父ですよ。もう二十年近く前に亡くなりましたけどね」

一颯は啞然《あぜん》として、三人の老人を見返した。髪を薄紫色に染めた老女も、山羊《やぎ》のような顎髭《あごひげ》を生《は》やした老人も、一週間前に会ったばかりではないか。

と、薄紫色に髪を染めた井筒小巻《こまき》が、気の毒そうに言った。

「あのね、米屋もとっくになくなりましたよ。女将の秋ちゃんが急死して。平成に入って二〜三年の頃だから、もう三十年以上になるのね」

山羊のような顎髭を生やした谷岡資《たすく》が付け加えた。

「後継者がなかったんで、店は人手に渡って、今の整骨院で五代目くらいかな」

衝撃のあまり言葉を失った一颯と弦に、太蔵は言った。

「ところが不思議なもんで、この頃、米屋に行って秋ちゃんや俺たちの親に会ったっていう人が、訪ねてくるんですよ。どうなってんですかね。みんな死んでるのに」

資が穏《おだ》やかな微笑を浮かべた。

「秋ちゃんは元は学校の先生でね。親切で面倒見の良い人だったから、あの世に行っても困ってる人を見ると、放っておけないのかもしれない」

小巻が訴えるような目で二人を見た。

「もし、秋ちゃんがお二人のために、何かのお役に立ったなら、時々思い出してあげてね。あの人は子供がいなかったから、あたしたちが死んだら、誰も思い出す人がいなくなっちゃうから」

一颯も弦も言葉を失い、呆然《ぼうぜん》としたまま店を出た。

細い路地から覗《のぞ》く夜空は、商店のイルミネーションで、明るくなったり暗くなったりしていた。

「……みんな、幽霊だったのか」

一颯が言うと、弦はきっぱりと首を振った。

「でも、お前には生身の人間だったたんじゃないか」

弦に言われて、秋穂の言葉を思い出した。

美味しければ、調理法なんか関係ない……。

「そうだな。それ以上かもしれない」

二人は足を止め、新小岩の色の変わる夜空を見上げた。

女将さん、皆さん、ありがとう。

二人とも心の中で呟いた。

第四話

とり天で喝！

後楽園球場《こうらくえん》は満員の観客で埋まっていた。今日は歴史に残るセレモニーが行われる日だ。

夕闇《ゆうやみ》の中、煌々《こうこう》とスポットライトを浴びて、その人は言った。

「私は今日、引退いたしますが、わが巨人軍は、永久に不滅です！」

万雷《ばんらい》の拍手が沸き起こった。

隣を見ると正美《まさよし》も目を潤ませて、必死に拍手を送っている。

え？　でも、私たち長嶋茂雄《ながしましげお》の引退試合なんて、行かなかったわよね。テレビの中継は見たけど……。

秋穂《あきほ》は腑《ふ》に落ちなくて、首をひねった。

それに、長嶋の引退って何年前だっけ。あれから結構経《た》ってるわよね。

秋穂は正美に声をかけた。

「ねえ、これ、おかしくない？」

そこでハッと目が覚めた。炬燵《こたつ》でのんびりしているうちに、うたた寝をしていたらしい。

秋穂は大きく伸びをした。壁の時計は四時半になろうとしている。そろそろ店を開ける準備をしなくてはならない。

炬燵を出て仏壇の前に座り、蠟燭《ろうそく》を灯《とも》した。線香に炎を移して香炉《こうろ》に立て、おりんを鳴らし、いつものように手を合わせて目を閉じた。

あなた、後楽園ホール、もうないのよ。東京ドームになっちゃったんだから。びっくりでしょ。

目を開けると、写真立ての中で正美は微笑《ほほえ》んでいる。十年前から変わらない笑顔で。

それじゃ、行ってきます。

秋穂は蠟燭の火を消し、立ち上がった。

葛飾《かつしか》区の最南端にある鉄道の駅新小岩《しんこいわ》。東京、品川《しながわ》、横浜《よこはま》へ直通する総武《そうぶ》線快速の停車駅であり、都心へのアクセスはとても良い。

その割に地価も家賃も物価も安いので、その暮らしやすさが人気となり、ベッドタウンに成長した。最近は駅周辺の再開発も進行している。

その新小岩のランドマークと言えば、南口の新小岩ルミエール商店街だろう。昭和三十四（一九五九）年完成、全長四百二十メートル、百五十軒近い店舗が軒を連ねているアーケード商店街だ。

もっと歴史の古い商店街や、もっと規模の大きい商店街は他にもあるが、ルミエール商店街の特徴は、シャッターを閉めたままの店がほとんどないことだ。テナントが出て行くとすぐに次のテナントが入って、店は営業を続けている。シャッター通りと化している商店街が多い中で、これは稀有《けう》な例だろう。

そのルミエール商店街の中ほどから一本外れた路地に、米屋《よねや》はある。

何処《どこ》にでもある小さなくたびれた居酒屋で、もちろん、ミシュランの星を期待できるような店ではない。最初の十年は夫婦で営む海鮮居酒屋だったが、夫が急死してからは、素人《しろうと》上がりの女将《おかみ》がワンオペで切りまわしている。

しかし、そんな店でも優しいご常連さんに支えられ、十年以上続いている。近頃は女将も料理の腕を上げたらしく、時々場末の居酒屋には不似合いなお客が、ふらりと入ってくる。

今日もまた、どういう気の迷いか、ふらりと引き寄せられたお客さんが訪れるかもしれない……。

「こんちは」

開店三十分前に志方優子《しかたゆうこ》が入ってきた。自分の店を開ける前に、米屋で早めの夕食を食べるのが習慣になっている。

「いらっしゃい」

米田《よねだ》秋穂は愛想よく迎えて、おしぼりを差し出した。

優子の店は乾き物しかないので、お客さんにつまみをリクエストされると、米屋と隣の「とり松《まつ》」に出前を注文してくれる。一晩におにぎり十人分を出前したこともあって、なかなかのお得意さんでもある。

「あ〜あ。いやんなっちゃう」

優子はカウンターに腰を下ろすと、けだるそうに首を回した。

「最近疲れが取れにくくて。お肌も疲れてるし。鏡を見るとうんざりするわ」

秋穂はお通しのシジミの醬油漬《しょうゆづ》けを出した。

「手羽先《てばさき》の塩バター煮、食べる？　コラーゲンたっぷりよ」

「もらうわ」

手羽先に醬油を絡《から》めて皮目《かわめ》を焼いてから、酒・塩・バター・ニンニク・胡椒《こしょう》を加えて二十分ほど煮ると、バターのコクとニンニクのパンチが効いていながら、すっきりした塩味にまとまった一皿になる。酒の肴《さかな》にもご飯のおかずにも合い、美容にも財布にも優しい。

「メイン、どうする?」

秋穂は冷蔵庫から保存容器を取り出し、菜の花を器に盛った。さっと茹《ゆ》でてから練り辛子《がらし》を溶いた白出汁《しろだし》に漬けておいた。箸休《はしやす》めにぴったりで、辛子の風味が爽《さわ》やかだ。

「そうねえ……」

「干物でも焼く? 鶏肉あるから、唐揚げや親子煮もできるけど」

「それじゃ、親子丼つくってくれない」

「OK。ちょっと待ってね」

秋穂は手羽先の塩バター煮を皿に盛って出し、新しいおしぼりを添えた。

「手で食べた方が食べやすいわよ」

「うん。ありがと」

今日はスーパーで鶏肉の安売りをしていたので、多めに買ってきた。残りは蒸し鶏にする。そのまま切って出しても、タレの種類を変えればバリエーションは豊富だ。サラダや和《あ》え麺《めん》、鶏飯《けいはん》という出汁茶漬けの具材にも使える。

「今日のお勧めはこの鶏手羽と、菜の花と、他は何？」

「鯖《さば》カレー。鯖缶使うんだけど、和テイストですごい食べ応《ごた》えがあって美味《おい》しいのよ」

「勧めとくね」

鍋《なべ》の中では鶏肉と玉ネギが煮えていた。溶き卵を回しかけ、最後に三つ葉を散らせば完成だ。

「はい、どうぞ」

カウンターにどんぶりを置くと、優子はおしぼりで指を拭《ぬぐ》い、スプーンを手にした。

「考えてみるとあたし、親子丼って長いこと食べてないわ。蕎麦《そば》屋で出前取る時は、何《な》故《ぜ》か天丼かカツ丼になっちゃう」

「みんな大好きだけど、存在感が薄いのかもね」

牛丼チェーン店はいくつもあるが、親子丼はメニューになかった。「なか卯《う》」が親子丼の販売を始めたのは一九九四年、平成に入って六年目だった。

「お客さんに勧めようか？」

秋穂は首を振った。

「とり松さんと被《かぶ》ると悪いから」

「あ、そうか。焼き鳥の他にもやってるもんね」

優子は親子丼を食べ終えると、ほうじ茶を啜《すす》った。

「ああ、美味しかった。ごちそうさま」

金の煙草《たばこ》ケースから一本抜きだして咥《くわ》えると、黒い筒に金の蔦《つた》が絡まるデザインのライターで火を点《つ》け、美味《うま》そうに吸い込んだ。

「じゃあね」

食後の一服を楽しんでから、優子は席を立った。

「行ってらっしゃい」

秋穂は優子を送り出し、カウンターを片付け始めた。


「よう」

時計の針が六時を指すと同時にガラス戸が開き、沓掛音二郎《くつかけおとじろう》が入ってきた。悉皆屋《しっかい》「たかさご」の主人で、名人と謳《うた》われた腕を持つ職人だ。

「いらっしゃい」

音二郎がカウンターに腰を下ろすと、秋穂はおしぼりを差し出し、お通しのシジミの醤油漬けを出した。そして、ホッピーの準備をした。音二郎の一杯目はホッピーと決まっている。

「おじさん、手羽中《てばなか》の焼き鳥、食べない？」

「ああ、もらう」

音二郎は即答したが、心なしか気落ちしているように見えた。

仕事で嫌なことがあったのかしら？

秋穂は時々思うことがある。もし音二郎が悉皆ではなく染色の仕事をしていたら、その技能で現代の名工に選出されていただろうに、と。しかし、悉皆という仕事は着物のメンテナンスで、表彰対象二十部門には含まれていない。

音二郎はキンミヤ焼酎《しょうちゅう》を入れたジョッキにホッピーを注ぎ、かき混ぜないで呑んだ。

秋穂は塩水につけておいた手羽中を、魚焼きグリルに載せて火にかけた。簡単だが皮がパリパリに焼けて、酒が進む肴なのだ。

「これ、新作」

秋穂は音二郎の前に、オイルサーディンのネギ和えの皿を置いた。晒《さら》しネギとオイルサーディン缶の汁、おろしニンニクを混ぜ、ざっくり身を和えたら塩で味を調え、白煎《しろい》り胡麻《ごま》を振りかける。

「ふうん、乙《おつ》な味だな。酒に合うんじゃないか。お巻婆《まき》さんが喜びそうだ」

音二郎は本人の前では「お巻さん」と呼んでいる。

「何か変わったことでもあった？」

秋穂の問いに、音二郎は渋い顔で頷《うなず》いた。

「お得意さんがな、亡くなった」

「まあ」

「着物好きで、誂《あつら》えた着物を大切にする方だった。それで俺も贔屓《ひいき》にしてもらった」

そこへガラス戸が開き、井筒《いづつ》巻が入ってきた。

「よう。ちょうどお巻さんの話をしてたとこだ」

「どうせろくなこっちゃあるまいさ」

巻が隣の席に腰を下ろすと、音二郎はオイルサーディンの皿を箸で指した。

「このつまみが乙な味でな。酒に合うからお巻さんが喜ぶだろうって言ってたんだ」

「おや、そうかい。じゃ、さっそくもらうわ」

秋穂はおしぼりを差し出すと酒の燗《かん》をつけ、巻にもお通しとつまみを出した。

「おじさんに手羽中を焼いてるけど、おばさんはどうする？　塩バター煮もあるけど」

「そうねえ」

「コラーゲンたっぷりで、お肌に良いわよ」

「じゃあ、もらうわ。肌に良いなら髪にも良いだろう」

巻は片手で髪の毛に触った。

「美容師がバサバサの髪してたら、信用にかかわる」

秋穂は巻にぬる燗の徳利《とっくり》と猪口《ちょこ》を出し、音二郎に焼き上がった手羽中を出した。

「手でつまんでね」

そう言って、新しいおしぼりを差し出した。

「おじさんね、お得意さんが亡くなったんですって」

「おや。あたしの知ってる人？」

音二郎は首を振った。

「目黒《めぐろ》のお屋敷の奥さんだ」

「おや、まあ。随分と遠いね」

「ああ。出入りの呉服屋が紹介してくれたんだ。それまで使ってた悉皆屋が気に入らないとかで……その店の腕の良い職人が引退して、仕事が雑になったんだと」

当時七十代の女性で、着道楽を絵に描いたような人だった。広い敷地の一角に、母屋《おもや》とは別に離れを建てて、そこを趣味の「着物部屋」にしていた。

「十畳の部屋に簞笥《たんす》が八竿《さお》、全部着物で満杯だ」

「おや、まあ。羨《うらや》ましいけど、管理が大変だねえ」

音二郎は手羽中を齧《かじ》り、ホッピーで追いかけた。

「そうさな。本人が生きてる間は老後の楽しみだったんだろうが、亡くなると……」

音二郎は顔をしかめてジョッキのホッピーを飲み干した。

「四十九日が終わってから、そこの娘夫婦に呼び出された。俺と、呉服屋の女将さんと二人で」

亡くなった女性の着物部屋に通された二人は、その娘……既に六十代だった……に、ほとんど詰問された。

「呉服屋の女将さんが言うには、亡くなった奥さんも娘も家付き娘で、旦那《だんな》は養子だそうだ。それで好き勝手にふるまえたんだろう」

娘は八竿の箪笥を見回して「どうしてくれるんですか」と言った。

「こんなに山のような着物を残されて、困ってるんです。私は着物は全然着ないし、誰にあげて良いかも分からないし、捨てるのもはばかられるし、もう、どうしていいか分かりません」

巻は呆《あき》れた顔をした。

「そんなこと、音さんに尻持ち込むような話じゃないよね」

「俺もそう思う。だが、娘としちゃ『あんたが買わせたんだから、責任取って始末しろ』ってことなんだろう。話にならないから引き上げようって呉服屋の女将さんに耳打ちしたら……」

女将は顧客の娘に笑顔を見せ、穏《おだ》やかに説《と》いた。

「お嬢様、奥様は大変お目のお高い方で、お召し物は趣味の良い高級品ばかりでございます。何枚か、お嬢様のお子様に残しておいては如何《いかが》でしょう」

「娘はもう三十です。成人式は終わりました」

「それではパーティーや式典にお召しになれるお着物を、見繕《みつくろ》いましょう」

それからも柔らかい口調で「昔の着物は今の技術では作れない品もあって、とても価値がある。お子さんの代に残す品、業者に引き取ってもらう品、そして故人の知り合いに形見分けするべき品を、自分が選別するので、それで納得していただけないか」と説得した。

娘も最初の憤懣《ふんまん》が収まると、呉服屋の女将の申し出は願ってもないことだと納得し、最後は神妙に「よろしくお願いします」と頭を下げた。

「いやあ、俺はすっかり感心しちまった。何代も続いた大きな店の女将だが、なるほど看板は伊達《だて》じゃねえ」

巻はぬる燗の猪口を傾けて、考える顔になった。

「きっとその女将さん、何回かそういう経験をしたんじゃないかねえ。今の人は着物を着ないから、母親に山のように着物を残されて、往生《おうじょう》してる人も多いんだろうよ」

「ああ、女将さんもそう言ってた」

音二郎は手羽中の骨に残った肉を齧り取った。

「皮肉なもんさ。昭和の半ばまでだったら、着物は財産だった。母親がどっさり残してくれたら、娘は大喜びしたろうよ。それがまるで邪魔者扱いだ」

音二郎は苦々しげに言うと、ホッピーのジョッキを傾けた。

「それで、呉服屋の女将さんは着物の面倒を見てやったのかい？」

「ああ。三日間屋敷に通って、きっちり仕分けしたそうだ。その時女将さんが言ってたんだが……」

音二郎はホッピーのジョッキに目を落とし、腑に落ちない顔で首をかしげた。

「頼まれて着物の始末をすると、必ずその夜は微熱が出るそうだ」

「疲れたから？」

秋穂の問いに、音二郎は困惑気味に答えた。

「女将さんの言うには、着物に籠《こも》った情念のせいだと」

「情念？」

音二郎は真面目《まじめ》な顔で頷いた。

「着物と宝石は持ち主の情念が籠るんだとよ。ほれ、振袖《ふりそで》火事ってあるだろう。他にも着物にまつわる怪談、あるよな。古着屋にだまされてひどい白無垢《しろむく》売りつけられて、祝言《しゅうげん》が台無しになっちまった。花嫁は悲憤のあまり縊《くび》れて死んで、古着屋に化けて出た……」

「ああ、どっかで聞いたことある」

「ホープダイヤの話もあるわよ。呪《のろ》われた青ダイヤ。持ち主が次々悲劇の死を遂げるの」

秋穂もうろ覚えの話を思い出した。

「やっぱり着物と宝石は特別なのよ」

「そうだね。ワンピースやスーツじゃ、せいぜいボヤ騒ぎで終《しま》いだろう」

巻は感心したように頷き、猪口を干した。

秋穂は手羽先の塩バター煮を電子レンジで温め、巻の前に置いた。

「これも手で食べた方が食べやすいわよ」

「ああ、ありがと」

巻は新しいおしぼりを受け取ると、手羽先をつまみ、関節を折り曲げて骨を引っ張り、身から外した。そのままパクリとくわえると、最後はきれいに骨二本だけが残った。

「上手《うま》いね、お巻さん」

「前に名古屋《なごや》で手羽先の唐揚げが出てね。店の人が食べ方教えてくれたんだよ」

巻はおしぼりで指を拭いながら答えた。

そこへ釣具屋の主人、水ノ江《みずえ》時彦《ときひこ》が入ってきた。

「いらっしゃい」

「秋ちゃん、これ、土産《みやげ》」

時彦はカウンターに保冷バッグを置いた。中には体長三十センチほどの魚が五尾、ラップにくるまれて入っていた。背側は赤い光沢があった。

「これ、何？」

「アカムツ。ノドグロの方が分かりやすいか」

「高級魚じゃない！　どうしたの？」

「伜《せがれ》が釣ってきた。珍しく大漁で、うちじゃとても食べ切れないから、お宅にお裾分《すそわ》けするよ。鱗《うろこ》と腸《はらわた》は取ってあるから、そのまま煮ても焼いても大丈夫」

「良いの、もらっちゃって」

「たまには恩返ししないとな。正美さんには釣りで随分世話になったから」

正美は釣りが趣味で、時彦と息子の太蔵《たいぞう》をよく釣りに誘ったものだ。その趣味を生かして、夫婦で海鮮居酒屋を開いたのが、米屋の始まりだ。

「せっかくだから皆さん、召し上がってよ。塩焼きと煮付け、どっちが良い？」

三人の老人は相談するように顔を見合わせた。

「時さん、ごちになりますよ。秋ちゃん、あたしは塩焼きね」

「俺も。時彦、すまねえな」

「それほどのもんじゃないよ。俺は煮付けで頼むわ」

「はい、お待ちください」

秋穂は時彦におしぼりとお通しを出してから、ホッピーの準備をした。時彦も最初は必ずホッピーだ。

「ノドグロ煮えるまで、おしのぎね」

菜の花の辛子漬けとオイルサーディンのネギ和えを出した。これで煮込みか、手羽中の塩焼きを出しておけば、ノドグロが煮えるまで間が持つだろう。

その時、新しいお客さんが入ってきた。男女二人連れで、どちらも初めて見る顔だった。

秋穂もカウンターの三人も、一斉《いっせい》にその二人に目を向けた。二人ともまだ二十代で、米屋の客としては若すぎるというのもあるが、それ以上に男の方が、堅気《かたぎ》とは思えない雰囲気を醸《かも》し出していたからだ。

年齢は二十代半ばくらいか。茶色っぽく染めた髪は少し長めで、その毛筋のうねり具合は、おそらくものすごくセットに時間がかかるだろう。身に着けているスーツもかなり高級品のようで、袖口《そでぐち》から覗《のぞ》く時計は分かりやすいロレックス、おまけに左右の指に二本ずつ指輪をはめている。顔はきれいだったが、軽薄さと根性の悪さがにじみ出ていた。

女の方は二十歳そこそこと思われた。顔は化粧気がなく、セーターにジーンズと、服装もいたって地味だ。可愛《かわい》らしい顔立ちで、清廉《せいれん》さが漂っている。きっと真面目な性格なのだろう。

「何飲む?」

流星《りゅうせい》が尋ねた。もちろん源氏名《げんじな》だが、満里奈《まりな》は本名を知らなかった。

「ウーロン茶」

アルコールはあまり好きではない。「ブルームーン」では軽めのカクテルを飲んでいるが、この店にそんなしゃれたものはない。

「ウーロン茶と瓶《びん》ビール」

流星は注文を告げると、もう一度満里奈の方に身体を向けた。

「この店、前から知ってるの？」

「全然」

流星は首を振り、にっこり微笑んだ。

「だから、知り合いに会う心配ないし」

「そうね」

そう答えたものの、満里奈は少し心配だった。職場の近くなので、もしかしたら知った顔が来るかもしれない。それに、どうせならもっと素敵な店にしてほしかった。せっかくのデートが、壁一面にべたべた魚拓を貼ってあるくたびれた居酒屋なんて。でも、ぜいたくは言えない。流星がわざわざ会いに来てくれたんだもの。

「どうぞ、こちらお通しになります」

店の女将がおしぼりとお通しの小皿をカウンターに置いた。中身はシジミの醬油漬けだろう。続いて瓶ビールとウーロン茶が出された。

「乾杯」

流星が満里奈のグラスに自分のグラスを合わせた。グラスの向こうで、流星の目が文字通り星のように輝いている……。

三木《みき》満里奈が流星と出会って四か月になる。同じ講義を取っている須田雪乃《すだゆきの》と新宿《しんじゅく》に遊びに行った帰り、若いイケメンにホストクラブのサービス券を渡され「今日は特別に、三千円ぽっきりのサービスデーなんだ。普段は来られないだろうから、ちょっと覗いて行かない？」と声をかけられた。

一人なら絶対に誘いに乗らなかったが、二人なので気が大きくなって「ちょっと行ってみようか」という気になった。案内された「ブルームーン」という店は歌舞伎町《かぶきちょう》二丁目にあった。ホストクラブというから派手でギラギラした店を想像していたが、そこは内装こそ豪華だったが、照明も明るく、静かで落ち着いた雰囲気で、高級なカフェのようだった。

「せっかく来たんだから、楽しんでってよ」

席に着くと、もう一人ホストがやってきた。

「彼、流星。ナンバーワンなんだ」

店に誘ったショーマというホストが、満里奈の耳元で囁《ささや》いた。

満里奈は流星をひと目見た瞬間、名前の通り流れ星のようだと思った。そして生まれて初めて一目惚《ひとめぼ》れを体験した。

「二人とも、大学生？」

二人とも私立の女子大の文学部に通っていた。雪乃は都内の自宅通学だが、満里奈は別府《べっぷ》から上京して、新小岩のアパートで独り暮らしをしていた。

「へえ。それは大変だね。私大って、授業料高いんでしょ」

「私たちは文学部だから一番安いランクだけど、それでも年間百万くらいかかるのよ」

流星は少し同情した顔になった。

「それは大変だね。満里奈ちゃんは部屋代もかかるし。ご両親、お金持ちなの？」

満里奈は慌てて首を振った。

「普通のサラリーマン家庭。だから、学校が終わってからバイトしてるの」

「バイトって言うと、家庭教師とか？」

満里奈と雪乃は同時に首を振った。

「今はお受験用の塾が色々あるから、大学に家庭教師の募集って、ほとんどないのよ」

「東大ならあるかもしれないけど、うちクラスの大学だとね」

満里奈と雪乃は顔を見合わせて、共犯者のような笑みを浮かべた。二人の母校は世間から「お嬢様学校」と評されていて、学術成績で評価されているわけではなかった。

「私、本屋さんでバイトしてるの。アパートのそばの商店街にあるお店で、講義が終わったら直行して、そのまま歩いて帰れるから」

午後のパートで働いていた女性が、夫の転勤で退職することになった。その店でよく本を買っていた満里奈は、パート店員募集の話を耳にして、思い切って応募した。その結果、運よく条件が折り合い、採用されたのだった。

「本屋も大変だよね。町の本屋、どんどんなくなってるし」

「そのお店、すごい頑張ってるのよ。普通の本屋さんだけど、昭和からずっと続いてて、北口にも支店があるの。北口のお店の方が大きいかもしれない」

「何処にあるの？」

「新小岩」

すると、流星が目を見開いた。

「それ、第一書林《だいいちしょりん》じゃない？」

「そう、そう。どうして知ってるの？」

「俺、小学生まで松島《まつしま》に住んでたんだ。ルミエール商店街、懐《なつ》かしいな。第一書林ではいつも『ジャンプ』買ってた」

「まあ」

ルミエール商店街は新小岩から江戸川区《えどがわ》松島まで続いている。

「そうか。まだあるんだ、第一書林」

思いがけない共通点があって、話は弾んだ。満里奈は問われるままに、自分のことをすっかり流星に話していた。

あっという間にサービスタイムの一時間が過ぎた。

「また遊びに来てよ。うちは明朗会計で安心だから」

帰り際に流星はそっと囁いた。

満里奈は入り口に貼られた料金表を盗み見た。「サービス料金六千円」という欄には「一時間　指名料三千円、サービス料三千円」とあった。

六千円なら、月に一回くらいは……。バイトの休みの日に。

頭の中にはその考えがしっかり根をおろしていた。

翌日、満里奈のスマートフォンに流星から電話がかかってきた。

「また会えるよね。すごく楽しかった。俺、お客と新小岩のことなんて話したの、初めてだよ」

「来週、また行きます。バイトのお休み、週一なんで」

「ありがとう。待ってるよ」

通話を終えると、満里奈は夢見心地になった。

流星が電話してくるなんて……お金のない、貧乏学生の私に。

するとちょっぴり優越感が湧いた。雪乃に対して。

雪乃はまさに「お嬢様」だった。父親は一流企業の重役で、自宅は目黒の青葉台《あおばだい》にある。一度遊びに行ったが、高級住宅街の中にあって、周囲の家と比べても遜色《そんしょく》のない立派な邸宅だった。

だから雪乃の持ち物はすべて一流だ。分かりやすいルイ・ヴィトンではなく、日本の皇室御用達《ごようたし》の老舗《しにせ》のものが多い。ファッションも趣味が良かった。海外の高級ブランドとユニクロを組み合わせたりする。一番ビックリしたのは買ったばかりのプラダのジャケットを「気に入らないから」と、別のボタンに付け替えてしまったことだ。満里奈はブランド物など一枚も持っていないが、もし何かで手に入れたら、畏《おそ》れ多くて改造など夢にも思わないだろう。しかし雪乃にはブランドを崇拝する気持ちなどまったくない。あくまで「自分の持ち物」として、好きなように使うことが出来る。それはブランドが貴重品ではなく、日用品だからだ。

雪乃とは入学当初から同じ講義を受ける機会が多く、性格もウマが合って仲良くしている。しかし時が経つにつれ、彼我《ひが》の違いが身に沁みるようになり、今はコンプレックスを感じていた。どうにもならない事だったが、時々神様は不公平だと思ってしまう。

それが、急に光が差してきた。流れ星の光が。

「はい、お待たせ。ノドグロの塩焼き」

秋穂の声で、満里奈は回想から引き戻された。

音二郎と巻は焼き魚の皿を前に、待ちかねたように箸を伸ばした。

「おじさん、煮魚の方は、もうちょっと待ってね」

「ああ、気にしないで良いよ。煮汁がしみこんだ方が美味い」

「煮込み食べる？　それとも鶏の唐揚げでも作ろうか？」

「唐揚げが良いな」

「はい」

答えつつ、秋穂は満里奈と流星のカップルに目を遣《や》った。二人の世界にどっぷり浸って、周囲が見えなくなっているようだった。少なくとも満里奈はそう見える。だが流星は……。

会ったばかりのカップルなのに、秋穂は満里奈が騙《だま》されているのが分かった。流星は何か企《たくら》みがあって、満里奈を利用しようとしている。具体的には分からないが、その企みに巻き込まれたら、満里奈が不幸になることは分かる。

何とかしてやりたい。自分が騙されていることに気づいてもらいたい。しかし、多分無理だろう。男に夢中になっている女は、周囲の忠告などに耳を貸さないから。

「何か食べる？」

流星が尋ねた。満里奈は第一書林のバイトが終わったばかりで、まだ夕食を食べていなかった。

「ええと、唐揚げ。それと何か、ご飯ものがあったら」

流星が秋穂の方を見た。

「唐揚げください。それと、ご飯ものは何がありますか？」

「おにぎりとお茶漬けです。それと、白いご飯もありますよ」

流星は問いかけるように満里奈を見た。

「ええと、おにぎりください」

「梅干しと鮭《さけ》と明太子《めんたいこ》、どれにします？」

「あの、鮭と明太子で」

「はい、少々お待ちください」

注文を終えると、流星はまた満里奈の方に身をよじって、じっと見つめてきた。そうされると、時が経つのを忘れてしまう。

「で、昨日の話だけど、どうかな？」

「ええ……」

さすがに満里奈は言葉を濁した。そう簡単に答えは出せなかった。

二度目に「ブルームーン」に行ったとき、流星はとても喜んでくれた。あっという間に規定の六十分は過ぎた。

「延長しようよ」

「でも、私、お金が……」

「俺が立て替えとくから、大丈夫だよ」

「でも、悪いわ」

「そんなことないよ。俺も満里奈ともっと一緒にいたいし」

流星は売れっ子なので、時々中座して他のテーブルに呼ばれたが、必ず満里奈のテーブルに戻ってきた。結局その夜は延長を重ね、ラストまで店で過ごした。

それからは毎週、バイト休みの日に同じことが繰り返され、気が付けば季節は秋から冬に変わっていた。

昨日、「ブルームーン」へ行くと、まず支配人が出てきてテーブルの前に跪《ひざまず》き、「請求書」を差し出した。

「お客様。ツケの方がだいぶ溜まりましたので、取り敢えず清算していただけませんか?」

見せられた金額は文字通り「目の玉が飛び出る」ほどだった。

「あの、私、とてもこんなお金……」

払えません、という言葉は途中で呑み込んだ。マネージャーは顔に笑みを貼り付けたまま、先を続けた。

「いっぺんに全額でなくても、月々でも結構です。私共も商売ですからね、お客さんが遣った料金は頂戴《ちょうだい》しませんと」

顔は笑っているが目はすごんでいた。そして口調は穏やかだが、言葉の真意は恐ろしかった。

そこへ流星がやってきた。

「あとのことは流星とも相談して、決めてください」

マネージャーはそう言い残してテーブルを離れた。

「満里奈、どうしたの?」

「流星、私、どうしたらいいの?」

満里奈は溜まったツケのことを、金額を含めて正直に話した。流星も困惑するかと思ったが、意外にも爽やかに微笑んだ。

「大丈夫だよ、満里奈。心配ない」

そして安心させるように、優しく言った。

「良いバイトを紹介するよ。今の本屋さんとは比べ物にならないくらい稼げる仕事だ。借金なんか、あっという間に返せるよ」

満里奈は「借金」と言われて、初めて自分の陥った立場を自覚した。自分はとてつもない金額を、返済しなくてはならない責任を負ってしまったのだ。

どうしたら良いのだろう。誰にも相談できない。特に両親には絶対に知らせてはならない。無理をして東京の大学に通わせてくれたというのに、娘がホストクラブ通いで多額の借金を作ったなどと、どの面《つら》下げて言えるだろう。

満里奈は恐ろしさに膝《ひざ》が震えそうだった。流星が優しく肩を抱いて、頰《ほお》を寄せた。

返すしかない。

満里奈は唇をかみしめて、覚悟を決めた。こうなったら、もう他に道はない。満里奈は俯《うつむ》けていた顔を上げた。

「どんなバイト？」

「明日、店の人に紹介するよ」

満里奈はすがるような気持ちで尋ねた。

「また、流星に会える？」

「もちろんだよ。俺だって満里奈に会いたい」

流星はとろけるような甘い声で答えた。


「あ、ちょっとごめん」

流星がジャケットのポケットからスマートフォンを取り出し、耳に当てた。

「うん、来てる。今、何処？」

スマートフォンを耳に当てたまま満里奈を見て、頷いた。

「分かった。迎えに行く」

スマートフォンをしまうと、椅子《いす》から立ち上がった。

「ちょっと待ってて。迎えに行ってくる」

流星は片手で拝む真似《まね》をすると、店を出て行った。

今夜、バイト先の責任者を紹介すると言われていた。仕事が終わって店を出ると、流星は第一書林の横で待っていて、そのまま二人で歩いて、この店に入ったのだった。

「あ、ごめんなさい！」

秋穂は高い声を上げた。流星と満里奈の様子に気を取られて、唐揚げ粉と天ぷら粉を間違えてしまった。

「唐揚げが天ぷらになっちゃう。良いかしら？」

「俺は別に構わないよ」

時彦に続いて、満里奈も言った。

「私もとり天、大好物です。故郷のソウルフードなんです」

「お嬢さん、お故郷《くに》はどちら？」

「大分《おおいた》の別府です」

「ああ、温泉で有名ね」

鶏肉に天ぷら粉をつけながら、秋穂は「いい湯だな」の歌詞を思い浮かべた。

「とり天は今は東京でも普通に食べられるけど、発祥の地は別府で、東洋軒《とうようけん》っていう、別府で一番古い洋食屋さんなんですよ」

秋穂は「えっ？　私はとり天って初めて聞くけど」と思ったが、口では「そうなんですか」と相槌《あいづち》を打った。

「それで、とり天は何をつけて食べると美味しいの？」

「東京だとタルタルソースの店が多いけど、大分は名産のカボス醬油と辛子です。あと、下味がしっかり付いてれば、何もかけずにそのまま。塩とか、天つゆもありです」

満里奈は流星と一緒の時とは別人のように明るく、はきはきとしていた。

「それじゃ、味ぽんと辛子をお出ししますね」

秋穂は時彦と満里奈の前にとり天の皿を置いた。味ぽんは瓶のままで、チューブ入り辛子と一緒に出した。

「お味見て、適当に使ってください」

「いただきます」

満里奈はまずはとり天をそのまま食べた。下味がほとんど付いていないので、味ぽんを振り、辛子を載せた。二口目は故郷の味になった。

夏休みに帰郷した時、家族で行った東洋軒が思い出された。店はいつもお客で賑《にぎ》わっていて、ユーモラスな口上でお客さんをさばく駐車場係は地元の人気者だった。奮発してコース料理を頼んだが、とり天はちゃんとメニューに入っていた。両親と姉、家族四人で他愛もない話をしながら、楽しく食事を楽しんだ……。

不意に涙があふれた。自分はもう二度と、あの幸せを取り戻せないかもしれない。

「お嬢さん、あんた、騙されてるよ」

巻の声に、満里奈は思わずそちらを見た。三人の老人と女将が、じっと満里奈を見つめていた。非難がましさのない、同情のこもった眼差《まなざ》しで。

「あの男に貢がされてるんだろ？」

「違います」

満里奈はおしぼりで涙を拭《ふ》き、洟《はな》をすすって答えた。

「むしろ、逆です。私、彼に代金を立て替えてもらってて」

「ふうん。じゃあ、これから貢がされるわけだ」

老女にずけずけと言われたが、不思議と腹は立たなかった。

「気を悪くするだろうが、どう見てもあの男は堅気じゃない。あんたが付き合うような相手とは思えないよ」

時彦はいたわるような口調で言った。

「どうして、あの人と知り合ったの？」

女将が優しく尋ねた。

満里奈はまるで催眠術にかけられたように、これまでの経緯をすべて告白してしまった。

満里奈が話し終わると、老人たちと女将は厳しい表情で、互いの顔を見交わした。

代表して、巻が話し出した。

「お嬢さん、よく聞いて。あたしは美容院をやっててね。お客さんには水商売の人も多い。これはクラブのママさんがホストクラブのマネージャーから聞いた話だけどね……」

ホストクラブの顧客は「金を持っている女性」だ。具体的にはセレブ、水商売、風俗嬢になる。しかし近年、ホストクラブの乱立によって過当競争状態となり、従来の顧客だけでは業界が回らなくなった。

そこで、「金を持っている女性」だけでなく「金を稼げる女性」にも客筋を広げる店が現れた。

「早い話が、素人の若くてかわいい子だよ。あんたみたいな」

最初は居酒屋くらいの値段で飲ませて楽しませる。そして店に通わせる。やがて正規の料金に切り替えて、払えない分は「ツケ」にする。しばらくするとツケは法外な金額に膨れ上がる。そこで……。

「提携してる風俗店に売り飛ばして、働かせるって寸法さ。近頃は最初から風俗に売るのが目的で、女の子を客にする手口が横行してるらしい。あんたも、それに引っかかったんだよ」

満里奈は呆然《ぼうぜん》としていた。ほんの少し前なら、見知らぬ老女にこんな事を言われたら「ウソ！　流星はそんな人じゃないわ！」と反論しただろう。だが、今は老女の話がすっきり腑に落ちる。

まるでとり天を食べた途端、世界観が一変してしまったかのようだ。悪い夢から覚めた気分だ。

「私、どうしたら良いんでしょう。流星が最初から私をだますつもりだったとしても、お店にツケが溜まってるのは事実なんです」

あのマネージャーの不気味な笑顔を思い出した。あんな連中にすごまれたら、抵抗できる自信がない。

「大丈夫よ」

秋穂はきっぱりと言った。

「このまま警察の生活安全課に駆け込みなさい。そこで事情を全部話して、助けを求めるのよ」

「警察ですか？」

「そうです」

秋穂はカウンター越しに、満里奈の方に身を乗り出した。

「警察はプロです。あなたのような人を守るノウハウを持っています。あのホストとその仲間は、おおっぴらに出来ない商売をしているわけだから、警察に目を付けられるのは大いに困るはずよ。あなたが警察に駆け込んだことが分かれば、もうそれ以上手出しは出来ないわ」

満里奈はごくんと唾《つば》をのんだ。この女将さんの言う通りだと思う。それ以外に自分が救われる道はない。

「私、これから葛飾警察署に行きます」

秋穂はビニールの手提げ袋を差し出した。

「これ、おにぎり。持ってらっしゃい」

「ありがとうございます」

満里奈は深々と頭を下げた。

「一人で大丈夫かい？」

音二郎が尋ねた。

「はい。お店にご主人と奥さんがいるはずなんで、お二人にお願いして、一緒に行っていただきます」

「バイト先、第一書林だったね？」

「はい、すぐ近くです」

「それじゃ、気を付けてね」

「ありがとうございました」

満里奈はもう一度一礼してから店を出て、小走りにルミエール商店街へと戻った。流星に対する思慕……と言うより妄執は、跡形もなく消えていた。

シャッターを半分下ろした書店に入ると、レジ前にいた主人の大熊恒太郎《おおくまこうたろう》と妻の珠代《たまよ》が振り向いた。

「満里奈ちゃん、忘れ物？」

「奥さん、私……」

事情を話そうとして、ハッと息を呑んだ。壁の時計の針は、バイトを終えて店を出た時間から、一分しか経っていない。

流星と居酒屋に行き、とり天を食べてあれこれ身の上話をした、あの時間はいったい……？

流星はルミエール商店街から駅前に出て、雑踏の中を南口の改札へ向かった。

改札口の横で、向井達夫《むかいたつお》は待っていた。流星が片手を挙げると、こちらに近づいてきた。

「上玉らしいな」

「まああってとこだ」

二人は並んで、ルミエール商店街へ向かって歩き始めた。

三木満里奈は清純な感じで可愛いから、すぐに売れっ子になるだろう。借金を返し終わったら、またブルームーンに通わせて、稼ぎを吐き出させる予定だった。

満里奈と一緒に来店した須田雪乃は、すぐに失格だと分かった。顔はきれいだが、東京の実家住まいで家は金持ちという話だった。いくら金持ちとはいえ、一家の主婦ならともかく、子供では持ち出せる金額はたかが知れている。それに父親はそれなりの社会的地位にあるらしい。それなら警察や法曹関係に顔が利《き》くかもしれず、娘がホストに引っかかったとなれば、警察や弁護士が乗り込んでくる事態になりかねない。そんな危ない橋は渡れない。

そこへ行くと満里奈は申し分なかった。地方出身で東京で単身生活を送っている。それなら親の出る幕はないし、東京に有力な知り合いもいないだろう。闇から闇に葬っても、足が付く心配もない。

ルミエール商店街の入り口で、流星と向井は数人の男に取り囲まれた。一人の男がコートのポケットから黒い手帳を取り出し、二人の目の前に突き付けた。

「新宿署の生活安全部保安課です。向井達夫さんと、流星こと矢上淳《やがみじゆん》さんですね」

別の一人がＡ４サイズの紙を広げ、二人に見えるように掲げた。

「被害届が受理されました。お二人を管理売春と売春斡旋《あっせん》容疑で逮捕します。署まで同行してください」

流星が向井の顔を見ると、渋い表情で頷いた。言われた通りにしろ、という意味だ。流星も仕方なく頷いた。警察と争っても勝ち目はない。

「こうなると分かってたら、もう少しましな店で、最後の晩餐《ばんさん》すればよかった」

両脇を捜査陣に挟《はさ》まれながら、流星は胸の中で吐き捨てた。


ほんの数日前に通った道だから、間違えるはずがない。しかもバイト先の第一書林とは目と鼻の先なのに。

ルミエール商店街の中ほどを右に曲がり、最初の角で左に折れる。その路地に沿って数軒目に、米屋という冴えない居酒屋があった。

向かって左隣が「とり松」という焼き鳥屋、右隣は昭和レトロなスナック「優子」。その二軒に挟まれてしょんぼり灯っていた赤提灯《あかちょうちん》が、見当たらない。目の前にあるのはすでにシャッターを下ろした「さくら整骨院」という治療院だった。

いったい、何故？　どうなってるの？

満里奈はさくら整骨院の前で、呆然と立ち尽くした。

あれから大熊夫妻に付き添われて、葛飾警察署に行った。応対に出た生活安全課の女性警官は親切な人で、事情を聴くとキッパリと断言した。

「心配しなくても大丈夫です。そのホストのやっていることは売春斡旋で、完全に犯罪です」

さらにこうも付け加えた。

「おそらく、その手口で女性客を風俗店で働かせるのは、問題の店では常態化しているはずです。調べれば余罪が沢山あるでしょう」

そして昨日、新宿警察署の捜査員から連絡があり、流星が売春斡旋容疑で逮捕されたと聞かされた。実は初めて米屋を訪れた日、すでに流星らは内偵捜査の対象となっていたのだ。ツケの代償に風俗店で働かされた女性は他にも大勢いて、満里奈は捜査に協力を求められた。もちろん、快く承知した。

この朗報を、一刻も早く米屋の女将さんと、三人のお客さんに伝えたかった。あの人たちの助言がなかったら、満里奈も風俗店で働かされていたかもしれないのだ。それに、ウーロン茶ととり天とおにぎりの代金も、まだ払っていなかった。

満里奈は思い悩んだ末に、とり松の引き戸を開けた。

「ごめんください」

狭い店内には肉の焼ける匂《にお》いが充満していた。カウンターにテーブル席が二卓ある。店主らしい七十代後半の男性が団扇《うちわ》を使いながら炭火で串を焼き、同年代の女将さんは生ビールをジョッキに注いでいた。

カウンターには四人、お客さんが座っていた。背中の感じで高齢者だと分かる。

「あのう、すみません。この近くに米屋という居酒屋さんはありませんか？」

満里奈の問いかけに、カウンターの客が一斉に振り返った。

その顔には見覚えがあった。山羊《やぎ》のような顎髭《あごひげ》を生《は》やした老人は、たまに第一書林に本を買いに来る、谷岡《たにおか》古書店のご主人だ。そしてその隣の、頭のきれいに禿《は》げ上がった老人と髪の毛を薄紫色に染めた老女、釣り師のようなポケットの沢山ついたベストを着た老人は……⁉

「皆さん、こんばんは！　先日は本当にありがとうございました。おかげさまで助かりました」

満里奈は井筒小巻《こまき》に走り寄った。

「奥さんの仰《おつしや》る通りでした。流星はいろんな女の人をだまして、風俗店に売り飛ばしてたんです。私も危ないところでしたけど、奥さんと米屋の女将さんのおかげで無事でした。流星、逮捕されたそうですよ。これで安心です」

小巻は戸惑った顔で、満里奈を見返した。

「あのねえ、お嬢さん。あなたの言ってる《奥さん》は、あたしの母親だと思うのよ」

「えっ？」

「もう二十年くらい前に亡くなったんだけど」

「そんな、バカな」

満里奈は沓掛直太朗《なおたろう》と水ノ江太蔵の顔を見た。

「お二人もあの店にいらしたじゃないですか。ノドグロの塩焼き、召し上がってましたよね。こちらの方は私と一緒に、とり天食べましたよね？」

直太朗も太蔵も、困ったように満里奈を見返した。

「それも多分、私らの親父ですよ。直さんの親父さんは四半世紀前、うちの親父は二十年くらい前に亡くなりましたけどね」

「冗談はやめてください」

小巻が噛《か》んで含めるような口調で言った。

「冗談じゃないんですよ。米屋もとっくになくなりました。女将の秋ちゃんが急死してね。もう三十年くらい前かしら。平成に入って、二〜三年した頃だから」

谷岡資《たすく》もそれに続いた。

「あなた、第一書林の店員さんだよね。我々は嘘《うそ》なんか言ってないよ。後継者がなかったんで、米屋は人手に渡って、今の整骨院で五代目くらいになる」

「そんな……」

徐々に事態が呑み込めてきて、満里奈は両手で口を押さえた。

それじゃ、まさか、あれは、幽霊……⁉

すると、直太朗が優しく諭《さと》すように言った。

「だけどお嬢さん、その幽霊は、あなたに悪さしなかったんでしょう？」

叫び出す寸前で、満里奈は息を呑み込んだ。

そうだ。米屋の女将さんとあの三人のお年寄りは、私を助けてくれたのだった。

「秋ちゃんは元は学校の先生でね。親切で面倒見の良い人だった。だから、あの世に行っても困ってる人を見ると、つい放っておけなくて、面倒見てしまうんだろうね」

直太朗に続いて、小巻も言った。

「あたしの母親がお嬢さんの役に立ったそうで、嬉しいわ。頑固で偏屈で扱いにくい婆だったけど、良いとこも結構あったのね」

　太蔵もしみじみと言った。

「私たちもうちの親があの世で元気にやってるのが分かって、喜んでるんだ。これも供《く》養《よう》になるのかな」

　最後に資が締めくくった。

「もし、米屋で過ごしたひと時が、あなたの人生の役に立ったんなら、たまに思い出してくださいよ。秋ちゃんは子供がいなかったから、私たちがみんな死んでしまったら、思い出す人が誰もいなくなってしまう。それはちょっと、寂しいからね」

　満里奈の心はすっかり落ち着きを取り戻していた。すると、老人たちの言葉が胸に沁みた。

　ああ、あの女将さんと三人のお年寄りは、縁もゆかりもない私を心配して、助けてくれた。それなのに、私はまだお代も払っていない。ごめんなさい。本当にすみません。

　満里奈は四人の老人に、深々と頭を下げた。

「皆さん、ありがとうございました。私、米屋の女将さんと皆さんの親御さんのこと、一生忘れません。私の人生の大恩人です」

　満里奈は店を出て、細い路地に立って夜空を見上げた。新小岩の空はパチンコ屋のイルミネーションで、赤や黄色が点滅していた。

女将さん、皆さん、私、もう道を踏み外しません。人を羨んだり、ないものねだりはしません。百パーセントの私で精一杯努力して、一生懸命生きていきます。

満里奈は心に誓い、歩き出した。

第五話

居酒屋のゆうれい

夏休みの真っ最中で、遊園地は小さな子供のいる家族連れで賑《にぎ》わっていた。秋穂《あきほ》と正美《まさよし》のような、男女のカップルは少数派だった。

二人がこの遊園地をデートの場所に選んだ理由は一つ。実はここのアトラクション「お化け屋敷」は、本物の幽霊が出ると評判なのだった。

二人とも生まれてから幽霊を見たことがなかったので、一度見てみたいとかねてより思っていた。ちょうど休みが取れ、季節も夏でぴったりなので、満を持してやってきた。

お化け屋敷の入り口で、秋穂はしっかりと正美の腕に腕を絡《から》めた。暗い通路に慎重に足を踏み出し、一歩一歩、先へと進む。横合いからグロテスクな人形が飛び出したり、女の悲鳴が響いたり、光が点滅したりするたびに、秋穂は正美の腕にしがみついた。

そして、本物の幽霊に出会うこともなく、出口に行きついた。

秋穂はちょっとがっかりして言った。

「お化け、出なかったわね」

「そうかな」

不審に思って正美の顔を見た。すると……。

「ぎゃ〜！」

自分の悲鳴が聞こえて目が覚めた。秋穂は伏せていた顔を上げた。炬燵《こたつ》でのんびりするうちに、いつの間にかうたた寝をしていたらしい。

「ああ、怖かった」

正美の顔がドロドロに腐敗した、ゾンビ仕様に変わっていたのだ。日頃はお化けの夢など見ないので、たまに見ると本当に怖い。

壁の時計を見上げると、そろそろ四時半になろうとしている。店を開ける準備をしなくてはならない。

秋穂は炬燵を出て、仏壇の前に座った。蠟燭《ろうそく》に火を灯《とも》し、線香に移して香炉《こうろ》に立てると、おりんを鳴らした。それから正美の写真を見つめ、両手を合わせてそっと目を閉じた。

変な夢見ちゃったわ。どうしてかしら。お化けは出なかったけど、あの遊園地はそれなりに楽しかったわよね。ジェットコースターがぼろくて、全然スピードは出ないのに、壊れるんじゃないかと思うと怖かったわ。考えてみれば、遊園地に行ったのも、お化け屋敷に入ったのも、あれが最後だったのよね……。

秋穂は目を開けた。写真立ての中で、正美は十年前の姿のまま微笑《ほほえ》んでいる。それを見るたびに、秋穂は不思議な安堵《あんど》を覚える。

秋穂は合わせていた手を離し、蠟燭の炎を消した。

それじゃ、行ってきます。

心の中で呼びかけて、秋穂は店に通じる階段を下りた。


新小岩《しんこいわ》駅は葛飾《かつしか》区の一番南にある鉄道の駅で、昭和三（一九二八）年に開業した。駅名は明治三十二（一八九九）年に開業した小岩《こいわ》駅にちなんだものだが、その当時駅周辺は上小松《かみこまつ》・小松《こまつ》・下小松《しもこまつ》と呼ばれていた。地名が新小岩に変更されたのは昭和四十（一九六五）年のことだった。

開業当時は南口しかなく、乗降客もあまりいなかったが、鉄道駅の開業がきっかけとなって周辺地域は発達し、大きな工場がいくつもでき、人口も増えた。昭和十九（一九四四）年には北口が開設され、一日の乗降客も昭和二十九（一九五四）年には二万七千人、平成二十七（二〇一五）年には七万四千人に達した。今の新小岩駅は葛飾区内で一番乗降客の多い、区の南の玄関口となっている。

二〇二三年十月には駅ビルシャポー新小岩が竣工《しゅんこう》したばかりだが、南口にはこれからも大掛かりな開発計画が進行中で、二〇二九年には地上九階と十二階のビル、そして地上三十九階、百六十メートルの高層ビルが竣工予定だ。ついに新小岩にタワマンが出現する時代がやって来る。

そのタワマンは、新小岩ルミエール商店街に隣接した土地に建つ。低層階は商業施設がテナントで入る予定だから、昔ながらの商店街の横にショッピングモールが出現することになる。

昭和三十四（一九五九）年以来続く、全長四百二十メートルのこのアーケード商店街は、その時、どうなるのだろう。全国でも珍しい、シャッター店がほとんどない、いつもお客で賑わっているルミエール商店街は、新しいショッピングモールに押されて、寂れてゆくのだろうか。

いや、きっとそんなことはない。昔ながらの老舗《しにせ》や昭和レトロな店と、新参の商店や飲食店が混在する雑多な魅力は、昔からずっと地元の人に愛されてきた。ルミエール商店街の魅力は、一朝一夕《いっちょういっせき》に出来上がったものではない。六十年以上の歳月をかけて醸《かも》し出されたものだ。これからも、その魅力は絶えず、愛され続けるだろう。

そんなルミエール商店街の、一本隣の路地に「米屋《よねや》」はある。開店当初は夫婦で営む海鮮居酒屋だったが、十年後に主人が他界すると、女将《おかみ》は看板を普通の居酒屋に変えた。素人《しろうと》上がりの女将がワンオペで切りまわす店だから、料理がどうのこうのというのは野暮かもしれない。それでもご常連に支えられ、もう十年以上続いている。最近は腕を上げたと評判で、それもあってか、時々新小岩にも米屋にも似合わない、上等なお客が訪れる。

もしかして、今夜もそんな一見《いちげん》さんがやってくるかもしれない。

「こんばんは」

開店間もなく、ガラス戸を開けて男女のお客さんが入ってきた。二人とも若い。三十代半ばくらいだろうか。

「いらっしゃいませ」

カウンターに腰を下ろした二人を笑顔で出迎え、米田《よねだ》秋穂は「おや？」と思った。女性の方に見覚えがあった。

「お客さん、前に一度お見えになりませんでした？」

「ええ。覚えててくれたの？」

「はい。たしかあの時は女性とお二人で」

朱堂佳奈《すどうかな》は町村至《まちむらいたる》を振り向いた。

「去年『VOYAGE』の副編の若尾《わかお》さんと来たのよ。谷岡樹《たにおかいつき》先生のご実家の取材の帰りに」

そして秋穂に向き直った。

「料理、美味《おい》しくてびっくりしちゃった。今日は別の取材で新小岩に来たから、夕飯は絶対にここだって決めてたの」

「それはまあ、ありがとうございます」

秋穂はおしぼりを差し出して、頭を下げた。前に佳奈と来店した若尾みどりの体験談が、その後不思議な縁でつながって、悩める漢方医の心を救ったことを思い出す。

富山《とやま》の田舎町《いなかまち》で生まれ育ったみどりは、幼い頃皮膚炎で苦しみ、母親が名医と評判の漢方医の元へ連れて行った。処方された薬で皮膚炎は完治したが、その時「この子は将来親元を離れて遠くへ行く運命だから、それを邪魔してはいけない」と告げられた。両親は漢方医の言葉を胸に刻んでいたので、みどりが東京の大学を志望すると、いよいよ運命の時が来たと覚悟して、快く送り出してくれたという。

「お飲み物はなにを？」

「私、ホッピー」

「僕も同じで」

秋穂はお通しのシジミの醬油漬《しょうゆづ》けを出してから、ホッピーを準備した。

「これ、バカに出来ない味なのよ」

佳奈はシジミをつまんで身を吸い出した。

「ホントだ、美味《うま》いね」

至もシジミの身を口に入れて、その予想外の美味さに驚いた。漬け汁の、ちょっと梅干しを混ぜた風味が良く、シジミそのものの旨味も強い。

「このシジミ、何処《どこ》かから取り寄せてるの？」

秋穂は待ってましたとばかりに説明した。

「いいえ、スーパーの特売品です。ただ、一度冷凍してあるんです。貝って冷凍すると、旨味が四倍になるんですよ」

「私もやってみよう！　アサリでボンゴレ・ビアンコ作るわ」

佳奈は嬉《うれ》しそうに言って、キンミヤ焼酎《しょうちゅう》の入ったジョッキにホッピーを注いだ。

「乾杯！」

二人はホッピーを呷《あお》ると、ジョッキを置いて「ふ〜っ」と溜息《ためいき》を吐《つ》いた。

「おつまみ、適当に出してください。私たち好き嫌いないから、何でも大丈夫」

「はい、ありがとうございます」

秋穂は冷蔵庫から作り置き料理の保存容器を取り出した。

まずは菜の花の明太子《めんたいこ》和《あ》え。文字通り茹《ゆ》でた菜の花を、辛子《からし》明太子を混ぜたマヨネーズで和えた料理で、春らしいおつまみだ。

次にセロリの浅漬け。セロリと大葉《おおば》を、白出汁《しろだし》に一時間ほど漬ければ出来上がり。白出汁には唐辛子《とうがらし》を少し入れてある。

「はい、どうぞ」

二品をカウンターに置くと、佳奈と至は一斉《いっせい》に箸《はし》を伸ばした。

「セロリ、和風でさっぱりしてる」

至はシャキシャキといい音をさせてセロリを嚙《か》んだ。佳奈の方は菜の花を口に入れた。

「辛子マヨじゃなくて、明太マヨが一味《ひとあじ》よね」

二人の会話を聞きながら、秋穂は新しい料理の準備を始めた。軸を取った椎茸《しいたけ》の笠に、マヨネーズとツナ缶を和えたものを載せ、トースターで焼く。出来上がりに小ネギを散らし、好みで七味を振る。単純だが、酒の進むつまみなのだ。

「お二人とも、よろしかったら煮込みを召し上がりませんか？ 一応、うちの看板料理なんです」

「ください！」

至が即答した。

「居酒屋といえば煮込みですよ」

佳奈と至は大学の同級生で、佳奈はフリーのライター、至は出版社勤務で、文芸誌の編集をしていた。

秋穂が煮込みをたっぷりと器によそい、刻みネギを載せて出すと、二人は目を輝かせた。

何度も水を替えて下茹でした牛モツは、とろけるように柔らかく、臭みはまったくない。煮汁は二十年間注《つ》ぎ足してきたヴィンテージもので、歴代のモツの旨味が溶け込んでいる。

「うまあ……」

一口食べて二人はしばし言葉を失い、箸を動かし続けた。

「そう言えば、もう湿疹は良くなった？」

モツ煮を半分ほど食べてから、佳奈が会話を再開した。

「うん、まあ」

大学時代から仲の良かった同級生が、実家の仕事を継ぐため、先月故郷に帰ることになった。送別会を開いたのだが、至は当日「急に顔にすごい湿疹ができて、とても人前に出られる状態じゃないんだ」と、断りの電話をかけてきた。

「災難だったわね。町村君はアトピーとかアレルギーはないと思ってたんだけど、どういう加減なのかしら」

「それなんだけどさ……」

至はホッピーを飲み干し、ジョッキを置いた。

「女将さん、中身お代わりください」

「はあい」

ジョッキにキンミヤ焼酎が注ぎ足されると、至は二杯目を作り、改めて佳奈に向き合った。

「朱堂は、祟《たた》りって信じる？」

「急に言われてもねえ」

「俺は全然信じてなかった。でも、もしかして祟られた可能性があるんじゃないかと思って」

「祟られるって、誰に？」

「お岩《いわ》さん」

佳奈は「何言ってんの」と笑い飛ばそうとして、声を呑み込んだ。至の顔は真剣で、怯《おび》えているようにさえ見えたからだ。

「何があったの？」

「去年から、高梨篤彦《たかなしあつひこ》先生が『四谷《よつや》怪談』の連載を始めたんだ」

秋穂も高梨篤彦の名前は知っていた。ミステリーと時代小説で人気の小説家で、数年前に直木賞を受賞している。

「これまでの怪談とは違う、真実のお岩さん像に迫る作品にしたいって、先生張り切ってたんだ。俺も初めて高梨先生の担当になって、意気込んでた」

新機軸を打ち出すべく高梨も苦労していて、原稿は遅々として進まず、一度書いた原稿を書き直すことさえあった。

「先生、原稿は手書きなんだよ」

「今どき珍しいわね」

「うん。だから一々取りに行かなきゃならないし、ゲラにするのも大変でさ、俺毎日気が気じゃなくて、血尿出たこともあったよ」

「大変ねえ」

佳奈は同情を込めて呟《つぶや》いた。

「でも、作品の出来はすごく良くて、編集者としてもやりがい感じてた」

送別会に行く日は、作品もそろそろ山場に近づいてきた時だった。朝起きて顔を洗おうと鏡を見ると……!?

「思わずギャー！って叫んだよ。顔の右半面が、真っ赤に爛《ただ》れてるんだ。あの有名な、お岩さんの絵そっくりで」

とにかく病院に行かなくてはならない。編集部には事情を話して休みを取らせてもらうことにした。

「病院に行こうとしたら、スマホが鳴った。高梨先生からだった」

応答すると、高梨は幾分震えを帯びた声で尋ねた。

「町村君、君、身辺に何か異常はない？」

「先生。実は、その……」

至は自分の身に起きた異変を打ち明けた。

「爛れたのは顔のどっち側？」

「右です」

するとスマホから流れる高梨の声が甲高《かんだか》くなった。

「お岩さんと同じだ！」

そして、早口で至に告げた。

「実は、今朝、うちのミーコの右半面が赤く爛れたんだよ。もしかしてもしかしたらと思って、君に電話してみたんだが」

ミーコとは高梨が溺愛《できあい》している三毛猫の名前だ。

「町村君、とにかくすぐに四谷《よつや》稲荷《いなり》にお参りに行った方が良い。僕は連載を始める前に行ったんだが、それでもミーコが祟られてしまった。これ以上恐ろしいことが起きたら……」

至は背筋が寒くなった。

「すぐさま病院の帰りに四谷稲荷に行って、お賽銭《さいせん》を上げてきた」

佳奈は恐ろしそうに肩をすぼめた。

「それから、祟りはどうなったの？」

「それ以上はなかった。皮膚科の治療で顔も元に戻ったし」

「怖いわねえ。お岩さんって、江戸時代の人でしょう。それがいまだに祟るなんて」

「そんなこと言ったら、平将門《たいらのまさかど》の方がすごいよ。平安《へいあん》時代の人なのに、将門塚を動かそうとしたら事故続発で、死人も出て、結局大手町《おおてまち》の一等地に、そのままあるんだから」

椎茸のツナマヨ載せが焼き上がった。秋穂は皿に並べ、青ネギの小口切りを散らし、七味唐辛子を添えて出した。

「どうぞ。お熱いからお気を付けて」

「女将さん、私も中身お代わりください」

ホッピーを飲み干した佳奈が言った。

秋穂がジョッキにキンミヤ焼酎を注ぎ足して渡すと、至が顔を上げた。

「女将さんは、祟りだと思いますか？」

「どっちの祟り？　平将門、それともお岩さん？」

「両方」

秋穂は腕組みして首をかしげた。

「将門の方は、信じてます。大正《たいしょう》時代には大臣と工事関係者が立て続けに十四人も亡くなったって聞くと、怖いですもん」

戦後はＧＨＱが更地にしようとすると、ブルドーザーが横転して運転手が死亡した。

「でもお岩さんの祟りは、まったく信じてません」

佳奈と至は意外そうな顔で秋穂を見た。

「だって、お岩さんの話を書いている高梨先生に祟らないで、飼い猫や編集者に祟るのは、筋が違いますよ」

「それは、先生が四谷稲荷にお参りに行ったからじゃ……」

至が頼りない声で反論したが、秋穂はにっこり笑って首を振った。

「大体、お岩さんには祟る理由なんかないんです」

「でも、旦那《だんな》に裏切られて毒を盛られたんでしょ？」

佳奈がうろ覚えの知識を口にした。

「いわゆる『四谷怪談』のストーリーは、実際のお岩さんにはまったく関係ない話なんです。お岩さんと伊右衛門《いえもん》さんは当時のベストカップルで、江戸の町の人気者だったんですよ」

秋穂は教師時代、担任しているクラスが文化祭で『四谷怪談』を演じることになったので、その時かなり勉強したのだ。

お岩と夫の伊右衛門は仲睦まじい夫婦だったが、家は没落してしまった。お岩は伊右衛門を支えて働き、家にあった稲荷を大切に信心した。その甲斐《かい》あって田宮《たみや》家は再興し、江戸の人々はお岩の献身と夫婦愛を称えた。

「鶴屋《つるや》南北《なんぼく》は二人の人気にあやかろうと、自分の作品の主人公の名前を、お岩と伊右衛門にしたんです」

至は唖然《あぜん》として目を瞬《またた》いた。

「それじゃ、僕の顔はどうして？」

「心労じゃありませんか」

秋穂はきっぱり断言した。

「先生の原稿が遅れがちで、毎日心配で、血尿が出るほどだったんでしょう。その心労が湿疹になって、顔に出たんだと思いますよ」

そう言われてみると、至には思い当たる節があった。

「私、女将さんの言うのが正解だと思うわ。作品を書いてる本人に祟らないで、周りに祟るっていうのが変だし、お岩さんが幸せな人生を送ったって知ったら、もうバカらしくて」

佳奈はさばさばした口調で言った。

「町村君、良かったね。スッキリしたでしょ」

「うん。言われてみれば全部腑《ふ》に落ちる」

至はこんがり焼けた椎茸を口に入れ、ホッピーで追いかけた。

「でも、お化けの代表はやっぱりお岩さんよね。あのストーリーがフィクションだって分かってても、存在感あるわ」

「多分歌川国芳《うたがわくによし》の絵のインパクトじゃないかな。よくああいうキャラクターを考えたよ。顔の半面だけ爛れて崩れるなんて」

秋穂は「チーズのテリーヌ」を冷蔵庫から出した。クリームチーズと細かく切ったドライフルーツを混ぜ、ラップに包んで円筒形に成型し、冷蔵庫で冷やしてある。食べやすい大きさに切って出せば、ちょっとおしゃれなつまみになる。

「きれい。デザートみたいね。でも、お酒に合うわ」

「ワインやブランデーに合うと思うんですけど、うちにはなくて」

秋穂は話のついでに付け加えた。

「国芳のあの絵ですけど、私、内出血起こした顔がヒントだと思うんですよ」

佳奈と至はチーズをつまみながら秋穂に目を向けた。

「前に、柱に顔をぶつけて、内出血起こしたことがあるんです。顔の半面にどす黒い血の色が広がって、まるでお岩さんみたいだと思ったんです。そしたら、あの絵はこういう顔がヒントなんじゃないかって」

「なるほどね」

佳奈は感心したように頷《うなず》いた。

「やっぱり、自分が見たことも聞いたこともないものって、絵にするの難しいわよね。

想像力は必要だけど」

「ごはんも美味しいけど、勉強になるなあ」

佳奈は二杯目のホッピーを飲み干した。

「次、シメの料理、何がありますか？」

「おにぎり、お茶漬け、白いご飯もありますけど、今日のお勧めは鯖《さば》缶のカレーです」

「鯖缶でカレー？」

「鯖の旨味が凝縮して、和テイストで美味しいですよ」

佳奈と至は一瞬顔を見合わせたが、答えは決まっていた。

「ください。それと瓶《びん》ビール」

「はい、ありがとうございます」

秋穂は早速取り掛かった。

フライパンにサラダ油を入れ、人参《にんじん》の薄切り、玉ネギとニンニクのみじん切り、赤唐辛子を入れてしんなりするまで炒《いた》めたら、鯖の醬油煮の缶詰を汁ごと加えて炒め合わせる。それからカレー粉と酒、醬油を入れて混ぜ、蓋《ふた》をして四～五分煮れば出来上がる。鯖の醬油煮はコクたっぷりなので、ルウを作る必要もない。作り始めてから十五分で完成する。

スープ皿にご飯をよそい、パセリのみじん切りを振りかけて、その横にカレーを盛る。

「カレールウの買い置きがなくても出来るのが、便利ですよ」

秋穂が二人の前に皿を置いた時、ガラス戸が開いて谷岡資《たにおかたすく》が入ってきた。資の後ろから一人、男性が続いた。初めて見る顔だった。

「秋ちゃん、脚本学校時代の同期で、古林洋平《ふるばやしようへい》」

「どうも、初めまして」

古林はかぶっていた帽子を取って一礼した。小太りで、資より少し若いようだ。

「いらっしゃいませ。お飲み物はどうしましょう」

「俺、ホッピー。洋平は？」

「僕も同じで」

資は谷岡古書店の主人だが、若い頃脚本家を志して、学校に通って勉強した時期がある。

「洋平は演芸作家でね。落語や漫才の脚本書いてるんだ。同期で書いてるのは、こいつともう一人くらいだよ」

「ご苦労もおありでしょうけど、好きな仕事で食べていけるなんて、お幸せですね」

古林は謙遜《けんそん》して目の前で片手を振った。

「いや、私は作家なんて、そんな大したもんじゃありませんから」

「秋ちゃん、今日、二人で浅草《あさくさ》に行ったんだよ。演芸場の前にいたら、通りかかる芸人さんがみんな『先生』って挨拶《あいさつ》してくんだ。大したもんだよ」

「資さん、もう、おだてないでよ」

秋穂はホッピーを出しながら尋ねた。

「おつまみ、どうします？　適当に出しちゃっていいかしら」

「二人で蕎麦《そば》手繰《たぐ》ってきたんだ。だから、軽いものでいいよ」

「分かりました。いっぱいになったら、声かけてね」

秋穂は取り敢えず、菜の花とセロリを出すことにした。

「奥さん、まだ島にいるの？」

古林が資に尋ねた。

「うん。子供らがみんなこっちへ来たから、のんびりしてるってさ」

資の妻の砂織《さおり》は小学校の教頭だ。学生時代から離島教育に情熱を燃やし、結婚後、単身赴任した。三人の子供たちは中学生まで島で砂織と暮らし、高校生になると上京して資と暮らした。

砂織はもうすぐ島で初めての女性校長になると言われている。三人の子供はそれぞれ、長男の樹は今や大人気の歴史学者、長女の真織《まおり》は東京キー局のアナウンサーに採用され、次女の香織《かおり》は大学生になった。資と砂織は別居結婚を続け、苦労も多かったが、その甲斐はあったと言えるだろう。

「僕は小説を書こうと思ってるんですよ」

古林はシジミの醤油漬けを口に入れた。

「演芸の仕事はどうするの？」

「もちろん、続けますよ。ただ、今の仕事はあくまで裏方です。どんなに優れた台本を書いても、注目されるのは演ずる落語家や芸人で、作家は影の存在です。名前が出ることも滅多にない」

古林がホッピーを呷った時、ガラス戸が開いて水ノ江《みずのえ》太蔵《たいぞう》が入ってきた。資を見ると「よう」と声をかけた。

「珍しいな」

二人とも父親は米屋に入り浸っているが、自分たちはあまり来ない。父親と鉢合《はちあ》わせする公算大なので、どうしても入りにくいのだ。

「太蔵さんは、釣りの帰り？」

「ああ。実はちょっと……」

店の中は暖かいのに、太蔵は寒そうに肩をすぼめた。

「秋ちゃん、熱燗《あつかん》二合ね」

「あら、珍しい」

「さっきからずっと寒くって」

「風邪じゃないの？」

太蔵はブルッと身を震わせ、大きく首を振った。

「実は、見たんだ」

「何を？」

「ゆうれい……だと思う」

秋穂だけでなく、資も古林も佳奈も至も、店にいた全員が太蔵に注目した。

「まず熱いの、どうぞ」

秋穂は燗のついた徳利《とっくり》を傾け、太蔵の猪口《ちょこ》に酌《しゃく》をした。太蔵はゆっくりと猪口を空《から》にして、溜息を吐いた。

「用事があって、新宿《しんじゅく》に行ったんだ。終わって、帰ろうと廊下を歩いてたら、窓の外を男が歩いてるんだよ。背広姿だから、窓ふきの人じゃない。廊下の終わるところで、男の姿も見えなくなった。でも、そこ、ビルの六階なんだよ」

全員、思わず息を呑んだ。

「まさかと思って、窓から外を覗《のぞ》いてみた。もちろん、窓の下に人が歩けるようなスペースなんかなかった。それじゃ、あの男はどうやって窓の外を歩いたんだろうって、そう考えると、もう……」

太蔵は手酌で酒を注ぎ、猪口を傾けた。

「そのビルで、飛び降りた人とかいるんじゃ……」

至が呟いた。その声が耳に入って、太蔵はまた首を振った。

「そんなこと、とても聞けなかったよ。『はい、いました』なんて言われたら、怖くて夜、眠れないよ」

「太蔵さんって、霊感は強い方なの？」

秋穂の問いに、太蔵はまたしても首を振った。

「全然。生まれてこの方、お化けも金縛《かなしば》りも経験ない。だから怖くてさ。霊感強くて、しょっちゅうお化け見る女の人とか、いるでしょ。それなら分かるけど、どうして俺が見なくちゃいけないの」

太蔵はまた猪口を干した。文字通り駆けつけ三杯で、少し目の縁が赤くなっている。

「私、前に佐藤愛子《さとうあいこ》のエッセイで読んだんだけど」

秋穂はグラスに水を注いで太蔵の前に置いた。

「佐藤さんも全然霊感がないらしいんだけど、ある時霊が出てくるようになったんですって。でも、まったく見ず知らずの、縁もゆかりもない霊で、自分のとこに化けて出てこられても困るから、思いあまって美輪明宏《みわあきひろ》に相談したら……」

美輪明宏は佐藤愛子に言った。

「あなただってお金借りたいと思ったら、貸してくれそうな人に頼むでしょ。霊だって同じよ。頼みを聞いてくれそうな人の所に出るのよ」

一同は思わず苦笑を漏らしたが、太蔵は情けなさそうな顔で言った。

「頼られたって困るよ。俺はそんな甲斐性ないんだから」

その後、佐藤愛子は美輪明宏のアドバイスに従って、一生懸命除霊を行い、やがて霊は出てこなくなったという。

「というわけだから、太蔵さんも様子見て、また現れるようだったら、お祓《はら》いとかしてもらったら？」

秋穂は太蔵に菜の花の明太子和えとセロリの浅漬けを出した。

「煮込み食べる？」

太蔵は黙って頷いた。

その時ガラス戸が開いて、お客さんが入ってきた。初めてみる顔で、六十前後の男性だ。米屋のお客はほとんどご常連なので、一見さんがふらりと入ってくることはあまりない。

「良いですか？」

男性は入り口に立って声をかけた。

「どうぞ。空《あ》いてるお席へ」

カウンター七席はすでに五席埋まっている。男性は一番隅の席に腰を下ろした。

「お飲み物は何にしましょう？」

おしぼりを出して尋ねると、瓶ビールを注文した。

「お通しになります」

秋穂はシジミの醤油漬けを客の前に置いて、いつもの説明を繰り返した。

「お客さん、この魚拓、亡くなった主人の趣味でなんですよ。うち、海鮮はやってないんです。すみませんね」

「いや、結構ですよ」

客は穏《おだ》やかに言って手酌でビールを注いだ。

「ごちそうさまでした。お勘定お願いします」

佳奈が声をかけた。

「ありがとうございます。今、お茶淹《い》れますね」

佳奈も至も、鯖カレーをきれいに完食していた。秋穂はほうじ茶を淹れて出した。

「いつか本物の幽霊を見ること、あるのかなあ」

湯呑みを両手で包むように持って、至が呟いた。

「私、無理。霊感ないもん」

すると太蔵が佳奈の方を振り向いた。

「分かんないですよ。私だって見たんだから」

「場所じゃないですかね」

すると、古林がぼそりと言った。

「地の霊ってあるんです。その場所に宿ってる霊です。ほら、古戦場とか事故物件とか」

事故物件とは殺人や自殺のあった賃貸アパート、マンションのことで、貸し手は借り手に対して、事前に説明する義務がある。部屋代が多少安くなるので、敢えて事故物件を借りる剛《ごう》の者もいる。

「将門塚なんかその典型ですよ。大手町のあの一等地から動かせないんですから」

「お二人がいらっしゃる前に、三人で将門塚の話をしてたんですよ」

秋穂は佳奈に釣り銭を渡した。

「どうも、ごちそうさまでした」

佳奈と至は椅子《いす》から立ち上がった。

「お近くにいらしたら、また寄ってくださいね」

二人は軽く手を振って出て行った。

「一気に平均年齢が上がったな」

資が軽口を叩いて、古林に尋ねた。

「で、小説は、どういうジャンルを書きたいの？」

「まだ決めてないです。でも一つだけ、小説の形で残したいネタがあって……」

古林はホッピーを飲み干した。

「中身、お代わりください」

「はい」

秋穂は古林のジョッキにキンミヤ焼酎を注ぎ足し、オイルサーディンのネギ和えを追加で出した。

「シナ研（シナリオ研究所）を修了してから、警備員のバイトをやったんです。夜、夏休みの小学校に泊まって、決まった時間に構内を見回る仕事です。時給も良いし、仕事も楽そうだし、余った時間で本も読めるし、決まった時はラッキーだと思いましたよ」

江東《こうとう》区立の小学校で、鉄筋コンクリートの校舎も土のグラウンドも、何処にでもあるありふれた眺めだった。

夕方六時から翌朝七時までのシフトで、三時間に一回校舎を見回れば、それ以外は自由だった。宿直室には寝具のほか、テレビ、冷蔵庫、湯沸かしポット、電子レンジも完備され、快適に過ごせそうだった。

昼間の勤務の警備員は六十くらいの、穏やかな人だった。元は警察に勤務していたとかで、仕事のやり方を丁寧《ていねい》に説明してくれた。

「無理しなくて良いから、自分のペースでやんなさい。何しろ十三時間勤務だからね」

先輩が良い人で良かったと、古林は内心ホッとした。

古林は六時少し前に学校に着いた。タイムカードを押して宿直室に行くと、先輩は私服に着替えているところだった。

「じゃ、よろしくね」

先輩が帰ると、古林は一人になった。夏のことでまだ周囲は明るく、広い校舎にたった一人でいることに、特別不安は感じなかった。コンビニで買ってきた弁当を電子レンジで温め、テレビを見ながら食べると、持ってきた本を読みふけった。

十一時になった。一回目の見回りの時間だ。古林は懐中電灯を手に立ち上がった。

「見回りの時間は十一時と、二時と、五時。三時間おきに組まれていました」

校舎は三階建てで、古林は一階から順に回っていった。教室は基本的に一階が一年生と二年生、二階が三年生と四年生、三階が五年生と六年生だった。懐中電灯で教室を照らすと、壁に生徒の描いた絵が飾ってある。ざっと眺めて隣の教室に移動した。

そうして一階、二階、三階と見回り、いよいよ最後の教室までやってきた。懐中電灯で照らすと「6年4組」のプレートが下がっていた。その教室にも壁に生徒の絵が飾ってある。見るともなく、懐中電灯で照らしてみると、さすがに一年生とは違う。古林は壁に近寄ってみた。

中に一枚、微妙な絵があった。街路樹のある歩道を描いた絵で、下手《へた》ではないのだが視点が妙だった。低いのだ。小津安二郎《おづやすじろう》の映画よりローアングルだ。

「這《は》いつくばらないと、こういう視点にはならないんじゃないかと思いました。ただ、所詮は子供の絵だから、それ以上気にも留めずに巡回を終えました」

宿直室に戻って目覚まし時計のタイマーを仕掛け、二時まで仮眠を取った。

「午前二時に、二回目の巡回に行きました」

一階から順に、教室内を懐中電灯で照らし、異常のないのを確認して次の教室に移動する。最初の巡回に比べるとかなり雑になった。そもそも、夏休みの学校に泥棒に入る人間はいないだろうと高をくっていたからこそ、このバイトを引き受けたのだ。場所が銀行だったら、断っていただろう。

最後の教室にやってきた。古林はそれまでよりは丁寧に懐中電灯で教室内を照らした。壁の絵が目に入った。

「？」

あのローアングルの絵が目に留まった。何故《なぜ》か、前に見た時と少し違っているような気がした。

「どこがどうって、言いにくいんですけどね。描かれてるのは街路樹のある歩道で、同じ題材なんですけど」

しかし、子供の絵になど興味はなかったので、そのまま巡回を終わって宿直室に引き上げた。

三回目の巡回は午前五時で、夏はこの時刻になると太陽が昇り始める。古林は何事もなく巡回を終え、七時に先輩と交代した。

「翌日も似たような感じでした。六年四組のあの絵が、前の日と少し変わっているような気がしたんです。でも、どこがどうとは言えなくて……」

はっきりとした変化に気づいたのは、三日目だった。

「十一時の巡回の時、あの絵に、それまでなかったものが描かれてたんです。小さくて分かりにくかったけど、確かにありました」

午前二時の巡回の時にも確認した。

「白っぽい、繭《まゆ》みたいな感じの物体でした。正直、その時は昼間何かで登校した生徒が、いたずらで描いたんだろう、くらいに思いました」

しかし、翌日の一回目の巡回で確認すると、絵に描き加えられた繭のようなものはもう少し大きくなっていた。

「人体だって、分かりました。うつぶせみたいなポーズの」

絵が変わったように見えたのは、視点が移動していたからだと、その時初めて気が付いた。視点は歩道を、先へ先へと進んでいたのだ。そして、人体に行きついた。

午前二時の巡回の最後に、古林は怖いもの見たさでその絵に懐中電灯を向けた。すると……。

「あれはもっと大きくなってました。だからはっきり分かりました。あの絵に描かれたのは死体でした。それも、首のない……」

古林はもう少しで悲鳴を上げるところだったが、どうにか抑えて宿直室に駆け戻った。

「もう怖くて、巡回はやりたくありませんでした。でも、契約を破ったらバイト代がもらえない。当時はバイトで食いつないでたんで、背に腹は代えられません」

「巡回したふりだけして、さぼるわけにいかなかったの？」

資が訊《き》くと、古林は首を振った。

「巡回ポイントがいくつかあって、決まった時間にそこにチェック入れないとダメなんだ。きっと仕事さぼるバイトがいたんで、対抗策に考えたんだな」

夏休みの間、古林は恐怖と戦いながら、巡回のバイトをやり抜いた。六年四組の教室は、さっと懐中電灯で照らすと、そのまま一目散に宿直室に駆け戻った。壁の絵には決して光を当てなかった。

バイトの最終日、古林は出勤してきた先輩に「お世話になりました」と挨拶して、宿直室を出た。

その時、ふとあの絵のことが気になった。

「もう七時過ぎで周りも明るいし、先輩もいることだし、変なことは起こらないだろうと思いました。それで、最後に明るい日の光の下で、もう一度あの絵を確認してみようと思って、六年四組の教室に行ったんです」

明るい教室に入り、あの絵を間近で見ようとした。しかし……。

「なかったんです、あの絵が！　貼ってあったところだけ、穴が空いたみたいに壁紙が見えてて」

古林は言いようのない恐怖を感じて、宿直室に駆け込んだ。先輩は入り口に背を向け、畳に胡坐《あぐら》をかいて新聞を読んでいた。

「あ、あの……」

震える声で訴えようとすると、先輩は背を向けたまま言った。

「絵のことは、誰にも言うんじゃないよ」

古林の話が終わると、秋穂も資も太蔵も、ほんの少し寒くなった。

「それ、何だったんでしょう」

秋穂は誰にともなく問いかけた。

太蔵は空になった猪口に目を落として言った。

「その学校、江東区でしょ。東京大空襲で犠牲者がいっぱい出たところだから、その関係かも」

資が腕組みをして首をひねった。

「そんなら、絵の死体は焼死体になるんじゃないかな。白っぽい、首なし死体だったんだよね？」

「そうです。だから僕も気になって、色々調べたんですけどね。分からなくて」

「ほら、最近犯人が逮捕された殺人事件、犠牲者の一人は江東区の女の子じゃなかった？」

「秋ちゃん、洋平がバイトしたのは、もう二十年以上前だから」

「あ、そうか」

資は古林に尋ねた。

「それで、この話をもとに小説を書くんだよね」

「うん。資さんはどう思う？」

「俺は良いと思うよ。で、長編と短編、どっちにするの？」

「この題材だったら短編だね」

「俺もそう思う。ただ、短編でデビューするのは不利じゃないの。本になるまで時間がかかるし」

「確かに長編でデビュー出来たら有利だよね。デビュー作がそのまま本になるんだから」

古林はそこで溜息を吐いた。

「しかし、公募の長編小説賞といえば、江戸川乱歩賞《えどがわらんぽ》、サントリーミステリー大賞、横《よこ》溝正史《みぞせいし》賞と、どれもミステリーばかり。俺にはミステリーを書く才能はない」

「時代小説はどうだ？　たしか講談社《こうだんしゃ》が時代小説大賞の公募を始めたんじゃなかったかな」

　時代小説大賞は平成二（一九九〇）年から平成十一（一九九九）年にかけて講談社が主催し、後に直木賞作家となる乙川優三郎《おとかわゆうざぶろう》と松井今朝子《まついけさこ》が受賞している。

「ああいう賞に好まれる小説って、時代小説というより歴史小説なんだよ、多分」

太蔵がオイルサーディンのネギ和えをつまんで言った。

「あのう、時代小説と歴史小説って、違うんですか？」

「まあ、微妙に。簡単に言うと、史実にのっとって書くのが歴史小説で、史実と関係のないフィクションで書くのが時代小説……こんなとこですかね」

「じゃあ『宮本武蔵《みやもとむさし》』なんかは、どっちになるんですか？」

「時代小説だと思います。お通《つう》さんが実在したかどうか分かんないし」

「えっ！　お通は実在しないんですか？　宮本武蔵といえばお通なのに」

太蔵は心底ビックリしたように目を見開いた。

「佐々木小次郎《ささきこじろう》や本位田又八《ほんいでんまたはち》や沢庵和尚《たくあんおしょう》も実在しないんですか？」

「佐々木小次郎はいたかもしれないけど、又八は『水戸黄門《みとこうもん》』のうっかり八兵衛《はちべえ》みたいなもんじゃないかと思いますよ」

太蔵はやりきれないと言いたげに頭を振った。

「ああ、なんか『宮本武蔵』のイメージ変わっちゃうなあ」

資は太蔵から古林に目を移した。

「でも『宮本武蔵』が時代小説なら、時代小説大賞、イケるんじゃないか。要は、面白い時代劇を書けばいいんだから」

古林は黙って頷いたが、その顔は明らかに「口で言うのは簡単だよ」と言っていた。

秋穂は資と古林にもオイルサーディンとネギの和え物を出した。ホッピーは二人とも二杯目が残り少なくなっている。

「資さん、お酒、どうします？」

「そうだな。じゃあ、ぬる燗もらうよ。二合ね」

「はい」

秋穂は酒の燗をつけながら、古林に尋ねた。

「古林さんは落語の台本を書いていらっしゃるんでしょう。それなら、落語の世界を小説で表現したような、コメディタッチの時代小説をお書きになってはどうでしょう」

「コメディは難しいんですよ。特に賞となると、不真面目《ふまじめ》に思われたりするでしょう」

古林は不満そうに顔をしかめた。

「どうしても日本じゃ、お笑いは下に見られるんですよ。映画やドラマもそうでしょう。日本アカデミー賞の受賞作に、コメディなんかありますか」

「う〜ん。『蒲田《かまた》行進曲』くらいかなあ」

資が宙を睨《にら》んで言った。

「私は『シャボン玉ホリデー』と『ゲバゲバ90分』の大ファンだったから、コメディは大好きですけど」

秋穂は燗のついた徳利と猪口二つをカウンターに並べた。

「それに『椿三十郎《つばきさんじゆうろう》』だって、コメディの要素満載じゃありませんか。結城昌治《ゆうきしようじ》の『志《し》ん生《しよう》一代』は大傑作ですけど、ページをめくる度に爆笑できるんです。私、笑いながら感動したのって、生まれて初めてでしたよ」

秋穂は熱を込めて先を続けた。

「人を笑わせるのって、本当に大変です。泣かせる方がずっと簡単だと思います。実際に作品を書いてる作家なら、そんなこと百も承知のはずですよ。思い切って、コメディ時代小説に挑戦なさったら如何《いかが》ですか？」

資も大きく頷いた。

「俺も秋ちゃんと同じ意見だよ。洋平、お前には今まで磨いてきたお笑いの腕がある。それを使わない手はないじゃないか」

「それは、まあ……」

古林はなんとも煮え切らない顔で、言葉を濁した。資は訝《いぶか》るような眼になった。

「しかし、どうして急に小説なんだ？　落語家や芸人の裏方で終わりたくないって話は分かった。だが、五十近くなっていきなり小説家になりたいってのは、唐突だよな」

「弥生《やよい》が、名越優《なごしまさる》と再婚するんだよ」

名越優はどちらかといえば純文学系にジャンル分けされる小説家で、秋穂でも名前を知っている程度には売れている。そして弥生というのは？

「たしか、離婚した奥さんだよね？」

資の問いに古林は頷いた。

「今年の初めに調停で離婚が成立した。何のかんのと理屈を並べていたが、要するに僕が嫌になったんだ。僕もそれは感じてたから、離婚に同意した。そしたら早速名越と再婚だ。今になってやっと分かったよ。あの二人は前からデキてたんだ。陰でこっそり会っては、二人して僕を笑ってたんだ」

古林は一気に話すと、猪口を手に酒を飲み干した。

資は困ったように秋穂を見た。秋穂も困って太蔵を見たが、太蔵も困り切って目を泳がせている。

「皆さんの言いたいことは分かってますよ。女房を寝取られた腹いせに小説家になりたいなんて、動機が不純だとか言うんでしょう」

「そんなこと思ってないよ」

資はなだめるように言った。

「ただ、名越優と同じ職業になったからといって、それで二人を見返すことにはならないと思うんだよね。そりゃあすごいベストセラー作家になれば、お前は胸がすっとするだろうけど、名越は純文学だから、エンタメ系にライバル心なんてないんじゃないかな」

太蔵も横から口を添えた。

「奥さん……元の奥さんね、別に相手の職業に惚《ほ》れたわけじゃないと思いますよ。どういう経緯か全然分かんないけど、男女の仲って縁なんですよ。あなたが離婚なさったのも、縁がなくなったからなんです」

古林は疑わしそうな目で太蔵を睨んだ。

「信じないかもしれないけど、縁って一生ものじゃないんですよ。途中でなくなってしまうこともあれば、途中で恵まれることもある。釣りやってると分かりますよ、ホント」

古林はますます疑わしそうな目になったが、秋穂はきっぱりと言った。

「要するに、別れた奥さんを見返したいんですよね」

古林は仕方なくといった感じで頷いた。

「それなら、再婚するのが一番です」

古林は呆気《あっけ》にとられたように口を半開きにした。

「過去に対する一番の復讐は成功と幸福です。古林さんが良い方を見つけて再婚して、前の結婚より幸せになれば良いんです。今が幸せなら、昔のいやなことは思い出さなくなりますよ」

資と太蔵は、同時に「そうだ!」と叫んだ。

「洋平、誰か良さそうな人はいないのか?」

「急に言われたって」

秋穂はいたわるように言った。

「太蔵さんの仰《おっしゃ》る通り、縁は切れることもあれば恵まれることもあります。古林さん、これから新しいご縁が見つかると良いですね」

古林は予想外の展開に面食らっていたが、それで毒気を抜かれたのか、素直に頷いた。

「頑張ります」

資は古林の猪口に酒を注いだ。

「話は戻るけど、お前の怪談、良かったよ。あれは何とか世に出したいね」

「うん。これからは調べるより、掘り下げてみますよ。想像力を働かせて」

すると、それまで片隅で静かに飲んでいた一見のお客が、古林の方に向き直った。

「やめた方が良い」

古林たちも秋穂も、驚いて声の主《ぬし》を振り向いた。

「言っただろう。絵の事は誰にも話すなと」

古林の顔が強張《こわば》り、化石のように固まったかと思うと、そのまますずるずると椅子から床にすべり落ちた。

「おい、洋平」

秋穂も太蔵も古林に気を取られ、資が助け起こそうと手を差し伸べた。

カウンターを見ると、そのわずかな隙《すき》に、一見の客の姿は消えていた。

「大丈夫ですか？」

椅子に座り直した古林の顔は、紙のように白くなっていた。

「いったい、どうしたんだ。あの客が何か？」

「あ、あの人、先輩です、小学校の警備の……」

そして、かすれた声で先を続けた。

「新学期が始まってすぐ、亡くなったんです。校門の前で車の衝突事故があって、その巻き添えくらって」

誰もが言葉を失った。

「……ゆうれいだったの」

秋穂は自分の言葉が信じられない思いだった。

幽霊って、ホントにいるんだ……。

あとがき

皆さま、『とり天で喝！　ゆうれい居酒屋4』を読んでくださってありがとうございました。お楽しみいただけたら幸いです。

お気づきの方もいらっしゃるかもしれませんが、第一話に登場する社員食堂は、私がかつて勤めていた「丸の内新聞事業協同組合」の従業員食堂がモデルです。そしてあの主任さんは私です。平井君に「努力しないで瘦せたいって言うのは、働かないで金くれって言ってるのとおんなじですよ」と諭されたのも、完全に事実です（笑）。

平井君にもH君というモデルがあります。私はH君のおかげで数年間、年一～二回、後楽園ホールのリングサイドでボクシングの試合を観戦しました。アオキ選手との再戦を目標に、H君が精進を続ける姿を目の当たりにしました。全く縁のなかったボクシングという競技に間近に触れられたことは、作家としての宝の一つになりました。

H君はボクシングを引退後、小説とは違い、整体師を目指しました。長らく会っていませんが、元気で幸せに暮らしていることを祈っています。

小説にたびたび登場する第一書林さんは、日本全国で『ゆうれい居酒屋』を一番応援してくださっている書店さんです。今回は作品の内容にも登場していただきました。これまでのご厚情に少しでもお応え出来たら嬉しいのですが。

たびたび登場すると言えば、東京聖栄大学も同じです。講師のF先生が講演に招いてくださったのをきっかけに、学長先生始め、皆さんで応援してくださるようになりました。東京聖栄大学は食品と栄養に関する教育を行っている学校なので、居酒屋との親和性はバッチリです。これからも色々な形で登場していただこうと思っています。

第三話の登場人物にも、モデルがあります。宝石店の派遣店員時代の同僚が結婚した相手が、国立劇場の研修生を経て、歌舞伎の囃子方になった男性でした。「自分の役目は型を伝える使者だと思う」と仰ったその方の心情に大いに打たれ、今回作品でご紹介させていただきました。

そしてラストの第五話は、これまでとはちょっと違った終わり方にしています。この話は編集者が「米屋に幽霊が出る話は如何でしょう？」と提案してくれたことが元になっています。ゆうれい居酒屋に幽霊というのは面白いと思って、大いに乗り気になりました。ちなみに、『四谷怪談』を担当した編集者の顔面が赤く爛れたというエピソードは、彼女の実体験です。

でも実際に書き始めると、私自身は全く霊感のない人間なので、どういうエピソードを書けばいいのか悩みました。仕方なく友人知人の体験談や、メディアで流れる恐怖話を参考に、あれこれ形を変えて、何とか怖い話になるように知恵を絞りました。

笑わせる話は悲しい話よりずっと難しいと言われます。私見ですが、怖がらせる話はさらに難しいと思います。お読みになった方が、怖いと思ってくれますように。

今更ですが、米屋に集まる人たちは、女将の秋穂もご常連のお年寄りも、みんなこの世の人ではありません。令和の世に現れた昭和です。異世界です。そして異世界であるからこそ、現実には難しい「本心を打ち明ける」という行為が、すんなり出来てしまうのだと、あらためて思いました。

さて、今回も書きましたが、新小岩駅の南口には再開発計画が進行中です。既に駅ビルも完成しました。数年後にはルミエール商店街の隣にタワマンが出現します。

変わりゆく新小岩の街を舞台に、私はこれからも変わらぬ人情を書いてゆきます。

「ゆうれい居酒屋4」時短レシピ集

皆さん、本文を読んで気になる料理はありましたか？

この『ゆうれい居酒屋』シリーズでは全編を通して、作り置きと時短レシピに力を入れております。

今回注目していただきたいのは缶詰レシピです。缶詰はすでに調理済みの素材ですから、とても便利ですよ。

お金のかかる料理と手間のかかる料理は載せておりません。

皆さん、どうぞお気軽に、レッツクッキング！

お通し

エノキの和風ナムル（冷蔵庫で4日間保存可能）

〈材　料〉２人分

エノキ…１５０g　青のり…小匙《こさじ》２分の１　白煎《しろい》り胡麻《ごま》…適宜《てきぎ》

A［白出汁《しろだし》…小匙２　ゴマ油…小匙１　すり下ろしニンニク…適宜］

〈作り方〉

1. エノキは根元を切り落とし、３～４センチの長さに切る。

2. 耐熱ボウルに**1**と**A**を入れ、ラップをかけて電子レンジ６００Wで２分加熱する。

3. **2**をざっくり混ぜて器に盛り、青のりと白煎り胡麻を振る。

チーズのテリーヌ

〈材　料〉 2人分

クリームチーズ…60g　ミックスドライフルーツ…40～50g

〈作り方〉

1. ボウルにクリームチーズを入れてスプーンでこねる。

2. **1**にミックスドライフルーツを入れて混ぜる。

3. **2**をラップで包み、円筒形に成型して冷蔵庫で30分以上冷やす。

4. ラップをしたまま食べやすい大きさに切り、ラップを外す。

☆ナッツ類を加えても美味《お》しいです。ドライフルーツもナッツも、大きすぎたらざっくり刻んでから混ぜてください。

一品料理

椎茸《しいたけ》のフライ

〈材　料〉２人分
椎茸…６～８個　小麦粉…大匙２　卵…２分の１個　水…大匙１
A［パン粉…30g　粉チーズ…大匙２］
揚げ油…適宜　塩…適宜

〈作り方〉
1. 椎茸は石づきを切り落とす。
2. 卵はよく溶きほぐす。Aも混ぜておく。
3. 1を小麦粉と溶き卵、水を混ぜたバッター液にからめてからAをまぶす。
4. １８０度の油で3を３～４分揚げる。
5. 4を半分に切り、皿に盛りつけて塩を振る。

☆パン粉に粉チーズを混ぜるのがみそです。肉厚の椎茸は、お肉に負けない旨味がありますよ。

カリフラワーと茹《ゆ》で卵のサラダ

〈材　料〉４人分
カリフラワー…1個　卵…3個　塩・胡椒《こしょう》…適宜
A［マヨネーズ…大匙3　練り辛子《がらし》…小匙1］

〈作り方〉
1. 卵は固茹でにする。
2. カリフラワーは小房に分け、ラップで包んで電子レンジ６００Ｗで3分加熱する。
3. 茹で卵はスプーンで大きめに割く。
4. ボウルに**2**、**3**、**A**を入れて混ぜ合わせ、塩・胡椒で味を調える。

モヤシとかいわれの鯖蒸《さばむ》し

〈材　料〉 2人分

モヤシ…1袋（200g）　かいわれ大根…2分の1パック（20g）

鯖水煮缶…2分の1缶　鯖缶の汁…大匙1　めんつゆ（3倍濃縮）…大匙1

〈作り方〉

1. かいわれ大根は根元を切り落とし、半分の長さに切る。

2. 耐熱容器にモヤシと缶詰の鯖をほぐしながら入れ、缶詰の汁をかけてラップをし、電子レンジ600Wで2〜3分加熱する。

3. **2**に**1**とめんつゆを加えて混ぜ、器に盛る。

☆鯖缶はそのまま食べても美味しいし、料理に使ってもグッド！

白菜《はくさい》とアサリのクリーム煮

〈材　料〉２人分
白菜…８分の１個　アサリ…１００g　ニンニク…１片　オリーブ油…小匙２
白ワイン…大匙２　生クリーム…１００cc　塩・胡椒…適宜

〈作り方〉
1. アサリは砂抜きをする。
2. 白菜は葉をざく切り、芯をそぎ切りにする。
3. ニンニクは薄切りにする。
4. フライパンにオリーブ油とニンニクを入れて弱火にかけ、香りが出たら中火にし、白菜の芯を加えて炒《いた》める。
5. 白菜の芯がしんなりしたら、白菜の葉、アサリ、白ワインを加えて蓋《ふた》をし、アサリの口が開くまで蒸し煮にする。
6. ５に生クリームを加えて２〜３分加熱し、塩・胡椒で味を調える。

☆白ワインは日本酒で代用できます。
☆アサリは砂抜き後、一度冷凍してから使いましょう。旨味が4倍アップします。

春菊《しゅんぎく》の梅おろし和《あ》え

〈材　料〉 2人分

春菊…2分の1袋（75g）　大根（中くらいのもの）…4分の1本
梅干し…2個　めんつゆ（3倍濃縮）…小匙2

〈作り方〉

1. 春菊はさっと茹でて水にさらし、水気を切って3〜4センチの長さに切る。
2. 大根は皮を剝《む》いてすり下ろし、軽く水気を絞る。
3. 梅干しは種を取り、包丁で叩いてペースト状にする。
4. ボウルに**1**、**2**、**3**とめんつゆを入れて和え、器に盛る。

ブロッコリーのシーザーサラダ

〈材　料〉 ２人分

ブロッコリー…２分の１個（１５０ｇ）　マヨネーズ…大匙２　ニンニク…１片

粉チーズ…大匙１　粗《あら》びき黒胡椒…適宜

〈作り方〉

1. ブロッコリーは小房に分け、軸は皮を剝いて切り分ける。

2. ニンニクはすり下ろす。

3. ポリ袋に**1**を入れ、袋の口を開けたまま耐熱ボウルに入れて電子レンジ６００Ｗで２分加熱する。

4. **3**の粗熱が取れたら、袋にマヨネーズと**2**を加え、袋の上から軽く揉《も》んで味を馴染《なじ》ませる。

5. **4**を器に盛り、粉チーズと粗びき黒胡椒を振る。

牡蠣《かき》の中華風コンフィ

〈材　料〉作りやすい分量
牡蠣…100g　生姜《しょうが》…1片　糸唐辛子《いととうがらし》…適宜
A［醤油《しょうゆ》・ゴマ油・オイスターソース…各小匙1］

〈作り方〉
1. 牡蠣は片栗粉《かたくりこ》（分量外）を揉み込んでから水洗いし、水気をよく拭《ふ》き取る。
2. 生姜はすり下ろす。
3. ポリ袋に**1**、**2**、**A**を入れ、袋の上から手ですり込むようにして味を馴染ませる。
4. 直径25センチの耐熱ボウルに水1000cc（分量外）を入れ、**3**を袋の口を開けたまま水が入らないように静かに沈め、電子レンジ600Wで8分加熱する。
5. ボウルの湯を捨ててポリ袋の上から冷水をかけ、熱が入りすぎないように、袋の中身を冷ます。

6．器に盛り、お好みで糸唐辛子を飾る。

☆固くなりがちな牡蠣も、プリプリ食感に仕上がります。

雲白肉《ウンパイロウ》

〈材　料〉作りやすい分量

豚バラ（または肩ロース）ブロック肉…200g　長ネギの青い部分…5センチ

A［塩…小匙2分の1　酒…小匙2　砂糖…小匙2分の1
生姜のすり下ろし…2分の1片分］

B［生姜のみじん切り…1片分　長ネギのみじん切り…5センチ分
ニンニクのみじん切り…2分の1片分　豆板醤《とうばんじゃん》…小匙2分の1
砂糖・酢…各小匙1　醤油…大匙2　ラー油・花椒《かしょう》パウダー…適宜］

〈作り方〉

1. ポリ袋に豚肉とAを入れ、袋の上から10回ほど揉んで味を馴染ませたあと、肉の上に長ネギの青い部分を載せる。
2. 直径25センチの耐熱ボウルに水1000cc（分量外）を入れ、1を袋の口を開けたまま水が入らないように静かに沈める。
3. 電子レンジ600Wで15分加熱する。途中で袋が浮く場合は、小さい耐熱皿を載せて沈める。
4. 湯につけたまま15分置き、肉の中まで熱を通す。
5. Bを混ぜ合わせてタレを作る。
6. 4を薄切りにして皿に盛りつけてタレをかける。

☆湯煎《ゆせん》で熱を加えることで、柔らかくて食感の良い蒸し肉に仕上がります。ピーラーで薄切りにしたキュウリと白髪《しらが》ネギを飾ればおもてなし料理にもなりますよ。

鶏手羽先《とりてばさき》の塩バター煮

〈材　料〉　2人分

鶏手羽先…8本　バター…大匙1　塩・醤油…各小匙2分の1　酒…大匙2

サラダ油…適宜　ニンニク…1片　胡椒…適宜　水…200cc

〈作り方〉

1. 手羽先に醤油を絡《から》める。

2. ニンニクはつぶす。

3. 鍋《なべ》にサラダ油を入れて熱し、**1**を皮目から炒め焼きにする。

4. **3**に水、酒、塩、バター、**2**を加え、胡椒をたっぷりめに振り、落とし蓋をして、汁気がなくなるまで20分ほど煮詰める。

☆手羽先の皮目を香ばしく焼くことで、旨味が増します。

とり天

〈材　料〉２人分

鶏もも肉…３００g　天ぷら粉…適宜　塩…小匙1　酒…大匙2

天つゆまたはポン酢…適宜　揚げ油…適宜　大根おろし（お好みで）…適宜

〈作り方〉

1. 鶏もも肉を食べやすい大きさに切り分け、塩と酒をまぶす。

2. 天ぷら粉をボウルに入れ、袋の記載通りの水で溶く。

3. 鍋に揚げ油を入れ、１７０度に熱しておく。

4. **1**を**2**に入れて衣をまとわせ、１７０度の油で3分ほど揚げる。

5. 天つゆと大根おろし、またはポン酢で食べてください。

☆とり天の発祥は別府《べっぷ》のレストラン東洋軒《とうようけん》さんです。今はレシピも多様にあるので、お好みの味で作ってください。

菜の花の明太子《めんたいこ》和え

〈材　料〉２人分

菜の花…１袋（１６０ｇ）　辛子明太子…１腹（30ｇ）　マヨネーズ…大匙１

塩・胡椒…適宜

〈作り方〉

1．水１０００ccに対し、塩小匙１（いずれも分量外）を入れて沸騰《ふっとう》させる。

2．菜の花は、**1**に茎部分を40秒、その後全体を入れて20秒ほど茹で、長さ３〜４センチに切る。

3．辛子明太子は皮を取り除いてほぐす。

4．ボウルに**2**、**3**、マヨネーズを入れて和え、塩・胡椒で味を調えて器に盛る。

☆菜の花の辛子マヨネーズ和えのアレンジですね。

椎茸のツナマヨ載せ

〈材　料〉２人分

椎茸…6個　ツナ缶（オイル漬け）…小1個　マヨネーズ…大匙2

小ネギ・七味唐辛子…適宜

〈作り方〉

1．ツナ缶はしっかりとオイルを切り、マヨネーズと混ぜ合わせる。

2．小ネギは小口切りにする。

3．椎茸の軸を切り落とし、笠の内側に**1**をたっぷりと載せる。

4．２３０度のトースターで５～６分焼く。

5．皿に並べ、小ネギの小口切りを散らして七味唐辛子を振る。

☆オーブンで焼く場合は、天板にオーブンシートを敷いて**3**を並べ、２３０度に予熱したオーブンで20分ほど焼く。

シメ

冷《ひ》や汁《じる》

〈材　料〉２〜３人分
イワシ水煮缶…1個（150g）　味噌《みそ》（米麹《こめこうじ》）…大匙1　キュウリ…2分の1本
豆腐…2分の1丁（100g）　茗荷《みょうが》・大葉《おおば》…適宜　ご飯…適宜
冷水…200cc　缶詰の汁…適量

〈作り方〉
1. しゃもじにアルミホイルを巻き付け、味噌を塗ってガスコンロの火で炙《あぶ》る。
2. 豆腐は水切りしておく。
3. キュウリと茗荷は薄切り、大葉は千切りにする。
4. ボウルに缶詰のイワシと**1**の味噌を入れ、よくつぶして混ぜ合わせる。
5. **4**に缶詰の汁と冷水200ccを加えて混ぜ合わせる。
6. **5**に豆腐を手でちぎり入れ、キュウリ、茗荷、大葉も加え、氷（分量外）を二〜三個浮かべる。

7．ご飯を器に盛り、**6**をかける。

☆イワシの水煮缶を使えば、魚を焼かなくて済むし、出汁も取らなくて大丈夫。豆腐は木綿、絹ごし、どちらでもお好きなものでお試しください。

深川飯《ふかがわめし》

〈材　料〉２人分

殻《から》付きアサリ…５００g　酒50ｃｃ　生姜…1片　長ネギ…2分の１本

A［酒…大匙2　みりん…大匙1　薄口醤油…小匙１］

だし汁…２００ｃｃ　ご飯…適宜　粉山椒・一味唐辛子（お好みで）…適宜

〈作り方〉

1．アサリは砂抜きして、良く洗う。

2. 生姜は千切り、長ネギはざく切りにする。
3. 鍋にアサリと酒を入れて蓋をして中火にかけ、殻が開いたら一度汁を濾《こ》し、アサリの身を取り出しておく。
4. 別の鍋にだし汁と3の蒸し汁を入れて煮立て、2とアサリの身、Aを加えてさっと火を通す。
5. 4の味を見て、薄口醤油（分量外）で味を調える。
6. 器にご飯を盛り、5をかける。好みで粉山椒や一味唐辛子を振る。

☆深川飯のルーツは炊き込みご飯ではなく、ぶっかけ飯でした。どっちも美味しいですが、今回は時短レシピを載せました。

台湾《タイワン》風和えそば

〈材　料〉２人分

豚ひき肉…２００g　生姜…１片　長ネギ…１本　醤油…大匙２
砂糖・紹興酒《しょうこうしゅ》・ゴマ油…各大匙２分の１　サラダ油…大匙１　中華麺《めん》…２玉

〈作り方〉

１．生姜は千切り、長ネギは斜め切りにする。
２．中華麺を茹でて水切りし、ゴマ油を絡めておく。
３．フライパンにサラダ油を引き、生姜を炒め、香りが立ったら豚ひき肉を加えて炒める。肉に火が通ったら長ネギも入れて炒め合わせ、醤油、砂糖、紹興酒で味をつける。
４．2に**3**を載せ、全体を混ぜ合わせる。

☆必ずひき肉を使ってください。ぐっと本場台湾の味に近づきますから。

鯖カレー

〈材料〉２人分

鯖醤油煮缶…１個（１９０ｇ）　玉ネギ…２分の１個　人参《にんじん》…２分の１本
ニンニク…１片　パセリ…適宜　赤唐辛子…１本　サラダ油…大匙3
カレー粉…大匙２分の１　酒…大匙２　醤油…小匙１　ご飯…適宜

〈作り方〉

1. 玉ネギとニンニクとパセリはみじん切り、人参は薄い銀杏《いちょう》切りにする。

2. フライパンにサラダ油大匙2を入れて熱し、人参を炒める。柔らかくなったら取り出して別の容器に移す。

3. フライパンを水洗いし、水気を拭き取ったらサラダ油大匙1を入れ、ニンニク、玉ネギ、赤唐辛子を加え、弱めの中火でしんなりするまで炒める。

4. **3**に鯖缶を汁ごと加えて炒め、カレー粉を振り入れてさらに炒め、**2**の人参を戻し入れて全体を混ぜる。

5. 4に酒をふり、醤油を加えて蓋をし、4~5分煮る。
6. ご飯を皿に盛ってパセリを振りかけ、カレーをかける。

☆最近人気の鯖缶は、レシピも大量に出回っています。
☆醤油と味噌の味付け缶は、調味料で身が程よく締まっているので、炒めたり揚げたりしても身が崩れにくく、調味料効果で生臭さもありません。皆さんも、色々なレシピをお試しください。

この作品は文春文庫のために書き下ろされたものです。

本文カット　川上和生
編集協力　澤島優子
ＤＴＰ制作　エヴリ・シンク

文春文庫

とり天《てん》で喝《かつ》！
ゆうれい居酒屋《いざかや》4

定価はカバーに
表示してあります

2023年12月10日　第1刷

著　者　山口恵以子《やまぐちえいこ》
発行者　大沼貴之
発行所　株式会社 文藝春秋

東京都千代田区紀尾井町 3-23　〒102-8008
TEL　03・3265・1211㈹
文藝春秋ホームページ　http://www.bunshun.co.jp

落丁、乱丁本は、お手数ですが小社製作部宛お送り下さい。送料小社負担でお取替致します。

印刷製本・TOPPAN
Printed in Japan
ISBN978-4-16-792141-5

（　）内は解説者。品切の節はご容赦下さい。

山崎豊子
運命の人
（全四冊）

沖縄返還の裏に日米の密約が！　戦後政治の闇に挑んだ新聞記者の愛と挫折、権力との闘いから沖縄で再生するまでのドラマを徹底取材で描き出す感動巨篇。毎日出版文化賞特別賞受賞。

や-22-6

山本文緒
プラナリア

乳がんの手術以来、何もかも面倒くさい二十五歳の春香。矛盾する自分に疲れ果てるが出口は見えない——。現代の〝無職〟をめぐる心模様を描いたベストセラー短篇集。直木賞受賞作。

や-35-1

山口恵以子
トコとミコ

伯爵令嬢の燈子と使用人の娘・美桜子。戦後、ふたりの立場は逆転するが……。時に慈しみ、時に憎み、裏切ったことさえも。九十年の月日をともに生きたふたりのヒロインの大河ロマン！

や-53-4

山口恵以子
ゆうれい居酒屋

新小岩駅近くの商店街の路地裏にある居酒屋・米屋。定番のお酒と女将の手料理で、悩み事を抱えたお客さんの心もいつしか軽くなって……。でも、この店には大きな秘密があったのです！

や-53-5

山口恵以子
スパイシーな鯛
ゆうれい居酒屋2

元昆虫少年や漫談家、元力士のちゃんこ屋の主人、アジア系のイケメンを連れた中年女性などなど、新小岩の路地裏にひっそりと佇む居酒屋・米屋に、今夜も悩みを抱えた一見客が訪れる。

や-53-6

柳　広司
象は忘れない

原発事故で失われた命。電力会社と政府の欺瞞。福島から避難した母子が受けた差別……。あの震災、そして福島第一原発を題材に紡がれた傑作連作短編集。　（千街晶之）

や-54-5

（　）内は解説者。品切の節はご容赦下さい。

千野隆司
出世商人（二）
借財を遺し急逝した父の店を守る為、新薬の販売に奔走する文吉。しかし、その薬の効能の良さを知る商売敵から、悪辣な妨害が……。文吉は立派な商人になれるのか。シリーズ第二弾。
ち-10-2

千野隆司
朝比奈凜之助捕物暦
南町奉行所定町廻り同心・朝比奈凜之助。剣の腕は立つが、どこか頼りない若者に与えられた殺しの探索。幼い子を残し賊に殺された男の無念を晴らせ！　新シリーズ、第一弾。
ち-10-6

藤井邦夫
恋女房
新・秋山久蔵御用控（一）
〝剃刀〟の異名を持つ南町奉行所吟味方与力・秋山久蔵が帰ってきた！　嫡男・大助が成長し、新たな手下も加わってスケールアップした、人気シリーズの第二幕が堂々スタート！
ふ-30-36

藤井邦夫
騙《かた》り屋《や》
新・秋山久蔵御用控（二）
可愛がっている孫に泣きつかれた呉服屋の隠居が金を用立ててやると、実はそれは騙りだった。どうやら年寄り相手に騙りを働く一味がいるらしい。久蔵たちは悪党どもを追い詰める！
ふ-30-37

藤原緋沙子
ふたり静
切り絵図屋清七
絵双紙本屋の「紀の字屋」を主人から譲られた浪人・清七郎は、人助けのために江戸の絵地図を刊行しようと思い立つ。人情味あふれる時代小説書下ろし新シリーズ誕生！　（縄田一男）
ふ-31-1

藤原緋沙子
岡っ引黒駒《くろこま》吉蔵《のきちぞう》
甲州出身、馬を自在に操る吉蔵が、江戸で岡っ引になり大活躍。ある日町を暴走する馬に飛び乗り、惨事を防ぐ。怪我人がいないか調べるうち、板前の仙太郎と出会うが……。新シリーズ！
ふ-31-7

文春文庫　最新刊